タクミくんシリーズ

Pure

—ピュア—

ごとうしのぶ

12253

角川ルビー文庫

JN285473

CONTENTS

口絵・本文イラスト／おおや和美

Pure
—ピュア—

眠くて眠くて、たまんなかった。

一時間目の社会のテスト。

散々やらされた志望校別の学力テストなんかじゃなく、これは本番の、ホンモノの入学試験なのに、朦朧《もうろう》とした視界に問題がよく読めない。——読めても、意味がわからない。

猛烈《もうれつ》な睡魔《すいま》と闘うだけでかれこれ三十分は過ぎていて、答案用紙はほとんどが空白のままだった。

「まじ、やべ……」

どうしてもここに入りたくて、交換条件のようなワガママを通して受験したのに、このままじゃ試験になんか受かりっこない。わかっているのに、どうにかしなけりゃヤバイ、マズイとわかっているのに、意識はグラグラ揺れるばかりだ。

カリカリと、ライバルたちが答案用紙を順調に埋めてゆく筆記用具の音が、静かな教室に流れている。

皮肉なことにその音すらも、眠りを更に煽《あお》るのだ。

もう、駄目だ……。

深い眠りに引きずり込まれるようにガクンと頭が落ちた時、机に体を支えていた肱《ひじ》が脇に滑《すべ》って、床《ゆか》へ筆箱を落とした。

お気に入りのセルロイドの筆箱が、静寂《せいじゃく》を賑《にぎ》やかに裂いてゆく。

「あっ」

拾おうと、慌《あわ》てて上体を屈《かが》め、床へ手を伸《の》ばそうとした時に、隣《となり》の席の机が見えた。――空白のない、びっしり答えで埋められた答案用紙が、見えてしまった。

ふと、視界が遮《さえぎ》られた。

「落とし物は拾わなくていいと、最初に注意を受けただろう」

いつの間にか、教室前方の教壇で試験監督している先生ではなく、手伝いの、教室の後ろに配置されていたひとりの学生が、隣席《りんせき》とを遮る衝立《ついたて》のように傍《かたわ》らに立ち、にこりともせず筆箱を拾い上げて机に置いた。

「す、すみませ、ん」

見られた、だろうか。――うっかり隣の答案用紙が目に飛び込んできてしまったこと、この人に、バレてるだろうか。

いきなりカラカラになった喉《のど》。心臓がドクドクと、忙《せわ》しない。

空白だらけの答案用紙に目を落とした学生は、チラリとこちらの顔を見て、だがそれ以上何も言わず、視線を外して元の監督場所に戻《もど》って行った。

鼓動が、忙しない。

絶対、バレてる。

•

試験終了のチャイムが鳴り、後ろの席から順に回ってきた束《たば》に、裏に伏せた答案用紙と問題用紙を重ねて、前へ送る。

背後で見守っていた学生が、用紙が全て前方に集まると、列の間を抜けて監督の先生に近寄った。集められた答案用紙をその場でパラパラとチェックしながら、受験生たちには聞こえない声でふたりは何かを話し、会話の途中で教師が教室をふっと見回す。

反射的に、顔を伏せた。

眠気《ねむけ》など、もうこれっぽっちも残ってなかった。ただただ、動悸《どうき》が激しくて、落ち着かなくて、いたたまれなかった。

失格だ。――もう、ここには入学できない。

これ以上試験を続けても不合格なのは目に見えていて、たまらなくて、帰ろうと、荷物をまとめて椅子《いす》から立ち上がった時、

「百三十五番、真行寺《しんぎょうじ》くん」

教師に呼ばれた。

真行寺兼満《かねみつ》は、硬直したように教師を見る。

「きみ――」

でもだからって、こんな所でカンニングを指摘《してき》しなくてもいいじゃないか！……ああ、自業自得か。

「――体調が良くないようなら、この休憩《きゅうけい》時間に、医務室へ行ってきなさい」

「え……？」

見ると、あの学生は、一礼して教室前方のドアから出て行くところだった。

「どうするね？行くようなら、場所を教えるが」

こちらに一瞥《いちべつ》の視線すら投げることなく、背中を向けた学生は、廊下に消えてゆく。

真行寺は首を横に振ると、

「だ、大丈夫です。なんでも、ないです」

そのままゆっくり、椅子へ座り直した。

無意識に、溜《た》め息《いき》がこぼれた。

『落とし物は拾わなくていいと、最初に注意を受けただろう』

冷ややかに動いた、肉付きの薄い、頰《ほお》の線。

自分の顔と答案用紙に注がれた、冷静な眼差《まなざ》し。

なのに、

「あの人、俺のこと、報告しなかったんだ……」

助かった。と、ホッとしていい場面なのに、どうしてか、忙しない動悸は一向におさまる気配をみせなかった。


人里離れた山の中腹にへばりつくように建っている、広大な敷地を持つ全寮制男子校、私立祠堂《しどう》学院高等学校。入学試験の行われる一月下旬、山奥祠堂は、そこら中が雪だらけだ。

志願者に、圧倒的に専願が多いのにもかかわらず、どうして他の私立高校よりかなり試験日が早いのかというと、二月になると天候状況がかなり悪くなってしまうから、らしい。しかも、午前中の四時間で筆記試験は終了で、即《すなわ》ち試験科目が一科目、これまた他の私立高校より少ないのである。

欠けているのは、なんと国語。

試験がないその代わり、重要なのが面接で、ここで『話す能力』をかなり厳しくチェックされるのだ。一般的に私立高校の入試では、内申書もさほど重要視されないし（県や地域によってフォーマットや評価の基準がマチマチなので）、面接だって、悪態をつくようなひどいことをしでかさない限り、取り立てて合否に影響を及《およ》ぼすことがないのが実情で、重要なのは、専願か併願《へいがん》かという点と、筆記試験の点数である。なのに祠堂の場合、大学の一芸合格ではないけれど、面接の内容が良かった、との理由で、筆記試験の点数がかなり低かった学生がひょっこり合格してしまったりするのだから、侮《あなど》れない。要するに、面接は一科目扱いなのだ。そのつもりでいないと、大変なことになるのだ。

午後からの面接に備え、筆記試験終了と同時に全員に配られた食券を使って、広い広い学食で、祠堂の学生に混じって昼食を摂《と》った。

真行寺の中学からここを受験する人は他に誰もいなくて、ひとりで昼食なんていつもなら寂《さび》しいと思うのだろうが、眠くてだるくてそれどころじゃなくて、おまけに寝不足の胃がどうしても食事を受けつけてくれないから、実に美味そうな唐揚げ定食なのに、ほとんど箸《はし》をつけられなかった。

こんなんじゃいけないと、真行寺は体に活《かつ》を入れるべく、限りなく零下《れいか》に近い外へ出た。

結局、あれからも学校側から呼び出されるでなく、特別に注意を受けたわけでもなく筆記試験を続けることができて、あの学生がどういうつもりかはわからないが、とにかく、あの一件のおかげでドキドキのあまり眠気が吹っ飛び、災い転じて真行寺はまともに答案用紙を埋めることができたのだ。

ところが、筆記試験が一段落した途端、猛烈な眠気が再燃したのである。

庇《ひさし》の下の乾いたベンチに腰を下ろし、

「ちょっとだけ、寝てもいいかな」

腕時計の目覚まし機能を二十分後にセットして、もこもこのコートの前を合わせてごろりと横になる。

それだけのことで、休息を求めていた体が喜んでいるのがわかる。

「気持ちいいなあ。でも、このまま熟睡したら、凍死かなあ」

それでもいいけど。「……なんちゃってえ」

冬の晴天。

庇に遮られ、もろに直射日光は受けないものの、淡く霞《かす》んだ青空がなんだかやけに目に染みて、澄んだ空気すらしぱしぱと目に痛くって、少ない光量をも乱反射させる一面の雪景色、地上にも白銀の光は溢《あふ》れていて、寝不足の身にはひどく眩《まぶ》しいこの世界、その全てを手のひらで避けて、目を閉じた。――なにもこのタイミングでケンカなんかしなくてもいいのに。

一晩中ののしりあってた両親の険のある声が、耳の奥に甦《よみがえ》る。

いくつになったって、両親のケンカが気にならない子供はいない。明日が入試の本番だとわかっていたけれど、不安で心配で気になって、結局真行寺は自分の部屋のベッドの上で一睡もできないまま朝を迎え、朦朧としながら、こんな遠くの学校まで、電車に揺られてやってきたのだ。

離婚を決めた夫婦なのに、それでもまだ、ケンカするんだ。

別れることにしたんだから、もう互いのことを、あんなふうに責めあわなくたっていいのに。

やるせなくて、涙が出た。

ふたりして、ひとり息子の真行寺を引き取ると譲《ゆず》らなくて、それすらケンカの元になって、父か母、どちらを選ぶと訊《き》かれても答えられないし、ならばと彼らに勝手に行き先を決められても苦しいし、それに、選べないだけでなく、実はどちらとも一緒にいたくないから、きっと毎日相手の悪口を聞かされてしまうから、それがとても辛《つら》いから、ここを選んだ。

親権はどちらが取ってもかまわない。ここを卒業したら、もう大学生だ。そうしたら、今度はひとり暮らしをすればいいのだ。大学へ行かずに就職するにしても、やっぱり独立してひとり暮らしをすればいいのだ。

本当の理由は内緒《ないしょ》にして、どうしても祠堂を受けたいと、両親にワガママを言った。幸いにして祠堂の評判は悪くなかったので、父か母、どちらが出すことになるにせよ、学費や寄付金の高さにも目を瞑《つぶ》ってくれることになったのだ。

試験に落ちたら、どうなるんだろう。

両親がそれぞれ用意しているいくつかの高校のどれかに、てぐすね引いて待っているその高校のどれかに、入学を余儀《よぎ》なくさせられるのだろう。そういう約束だったから。そうしたらまた、争いの日々だ。

離婚したって、きっと終わらない。恨み言や繰《く》り言を、今までのように聞かされるのだろう。それがたとえ事実でも、悪口なんか聞きたくない息子の気持ちは、やっぱりきっと、わかってもらえないのだ。

「それどころじゃ、ないんだもんな」

きっと、彼らは彼らで、自分たちの気持ちで手一杯で、真行寺の辛さはわからないのだ。この選択がいかに正しいのか、真行寺にわからせようとして、飽《あ》きることなく相手の短所を言い連ねるのだろう。――離婚の正当性を、ひとり息子に納得させるべく、強引に押しつけてよこすのだろう。

ばあちゃんが生きてたら、そしたらあそこに逃げ込んだのに。

皺《しわ》だらけのあったかい手で、何度も頭を撫《な》でてくれただろうに。

こちらに近づいてくる賑やかな笑い声と雪を踏む複数の足音に、真行寺は急いで指先で涙を散らした。

指の隙間《すきま》に、例の学生の笑顔が覗《のぞ》いた。

「あ……」

――笑ってるよ、あの人！

冷ややかな眼差しがあまりに印象的で、彼と笑顔とがどうにも結びつかなくて、しかも別人のような柔らかな笑顔がものすごーく意外だったから、真行寺はさっきまでの悲しさをすっかり忘れて、指の隙間から彼らを追ってしまった。

「遅刻した三年生の代理に、一時間だけとはいえ、一年生の身の三洲《みす》に試験監督押しつけるなんて、相変わらず無茶苦茶だよなあ、相楽《さがら》クン」

数人の学生のうちのひとりが、長身の、飄々《ひょうひょう》とした雰囲気の学生の頭を小突《こづ》いた。

はっはっはー。と、お気楽に笑う学生は、――彼がサガラで、さっきの人はミスなのか。みす？　英語でミスったら、独身女性のことだよな。日本語だと、どんななんだろう。将軍とか公家《くげ》とか、昔の偉い人の寝所《しんじょ》の前に垂れ下がってるのが、御簾《みす》とかだったよな。でも御簾なんて、ちょっと字面が名字っぽくないなあ。としたら、どんな字、当て嵌《は》めるんだろう。

「そっかー？　三年生ばかりの中にいたって、三洲ならちっとも見劣りしないじゃないか。なあ？」

「おいおい。いくら自分が伝説の男だからって、発想の天衣無縫《てんいむほう》さは、大学に行ったらほどほどにしておけよ」

ああ、彼らは直《すぐ》に卒業なんだ。

三年生たちに囲まれた、唯一の一年生。それが、あの人なんだ。

「三洲、コイツの無茶に結局、最後の最後までつきあわされちまったんだなあ」

同情めいて言う誰かに、

「それでも、相楽先輩のように一年のうちから生徒会長をしたわけではないですから。無理にやれとも押しつけられませんでしたし、試験監督の代理は、さほどの無茶とも」

柔和《にゅうわ》な口調と柔和な笑顔で、あの人が返す。……やっぱり、違和感。

「くーっ、かわいいなあ三洲！　大学まで拉致《らち》っちまおうかなあ」

むぎゅっと彼を抱きしめる伝説の男に、その腕の中で、彼がちいさく息を呑んだ。──真行寺まで、どうしてか、ドキリとする。

そのやにわ、

「あっ、崎《さき》！」

伝説の男が叫ぶなり、雪の原を走りだした。

向こうを通りすがった学生が、猛烈にダッシュする『伝説の男』から逃げるように、全速力で走りだす。

「こら待て、ちょい待て」

雪を蹴散《けち》らし、どうにか追いついた学生の腕を必死に摑《つか》み、「逃げるなって、おい」

「なんなんですか、先輩はもう」

しつこいなあ、と全身で主張して、「逃げたくもなるでしょ、いい加減にしてくださいよ」

背中を向けてる学生の吐《は》く息が、周囲に白く躍《おど》っていた。

「卒業を前に、たまには真面目な話もしたいんだって言ってるだろ」

「勘弁《かんべん》してくださいって。どうせまた面倒なこと言い出すんでしょう」

「なんだよ、またってのは」

「日頃の行いから類推しました」

「憎《にく》ったらしいなあ、この超美少年はあ！」

「その言い方もいただけませんね」

冗談なのか本気で嫌がられてるのか真行寺にはとんと不明ながらも、彼らのやりとりを他の面々は面白そうに眺《なが》めていた。——あの人を除いて。

「あの崎相手にあれだけふざけられるってのも、相楽ならではだよな」

恐《おそ》れ多くて、俺たちにはとてもできない。

羨《うらや》むような感心するような呆《あき》れるような、彼らの表情。

手で顔を覆《おお》うのも忘れ、ぼんやりとそれらの様子を目で追っていた真行寺に、三年生たちから半歩退がり、ふざけるふたりへ静かで冷ややかな視線を遠く送っていたあの人が、なんの気なしに、振り返った。

もろに、目が合ってしまった。

もし眼差しで人が殺せるものならば、この場合、真行寺は即死だろう。

だが、きつく睨《にら》みつけた彼の眼差しが、不意に弛《ゆる》んだ。——不思議そうに、真行寺の顔を眺めている。

その無防備な表情に、真行寺も見惚《みと》れた。

不思議そうに小首を傾《かし》げて。——それは、愛《いと》しくてたまらなくなるような、とても無垢な表情だった。

恋に落ちた瞬間を、自覚したのは初めてだった。

しかも、相手は同じ性別。

「なんてこったい」

おまけに、真行寺がカンニングしたのを知っている、唯一の目撃者だ。

これが逆の立場なら、そんな男に恋を告白されたところで、真行寺だって相手にしない。今が戦国時代で真行寺が武士ならば、その場で相手を斬《き》って捨てることだろう。

「ああああああ」

——それでも。

彼のおかげで、睡眠不足なんか屁《へ》でもなくなり、午後の面接もバッチリだった。午前の筆記試験に続き、一度ならず二度までも（はからずも）彼に助けられたことになる。両親のいざこざから逃げ出す為、だけでなく、ここに入学したいと、切に思った。——だからどんな質問にも、すごく前向きに返答することができたのだ。

「入学したいよ」

恋の告白はできなくとも、近づくことすらできないかもしれないが、姿を垣間見《かいまみ》られるだけで、しあわせかもしれない。

だが、彼がカンニングの一件を学校側に報告したら、試験の成績に関係なく、真行寺は不合格決定だ。

それはそれで、もちろん自業自得なのだがしかし、

「どうしよう」

帰宅すべく、校舎から校門へ向かう途中、真行寺は困って足を止めた。

不合格なんかに、なりたくない。

頼んでみよう、彼に。

真行寺はくるりと踵《きびす》を返した。

悪気はなかったのだ。たまたま、隣の人の答案用紙が目に飛び込んできただけで、端《はな》からカンニングするつもりなんか、これっぽっちもなかったのだ。

今年の祠堂は、昨年の二倍近い競争率らしい。どういう理由か、志願者がいきなり倍増したのだ。

「それでも、倍になっても、真行寺なら実力だけで楽勝だって、中学の進路指導の先生も言ってたし」

だから、どうにかしたかった。

一時間目はボロボロだったが、それ以降は大丈夫なはずなのだ。

「確か、ミスって名前だったよな」

どこに行けば会えるのだろうか。

受験生たちがゾロゾロ帰る流れに逆らって、真行寺は校舎へと走ってゆく。

「あれ、どうした受験生。忘れ物か？」

必死に走る真行寺に、学生が声を掛《か》けてきた。

「あ、あの――」

応えかけて、真行寺は言葉に詰まる。――この人！

「受験番号、何番だ？」

「や、き、教室に忘れ物したとかじゃなくて、あの……」

きさくで親切な、伝説の男。

「なんだい、そんなにビビるなよ、そんなに極悪人なツラか、俺？」

かかか、と豪快に笑う彼は、お世辞にも二枚目とは言い難いが、ものすごく、魅力的な目をしていた。

人間の器の大きさは目に表れると、前にばあちゃんが言っていた。だから、自分を大きく見せようとして、どんなに言葉で飾りたてたところで、誤魔化《ごまか》すことなんかできないんだよ、と笑っていた。

この人と、たった三歳しか違わないのか。

「どうしたどうした？　ん？」

くしゃくしゃっと髪を手のひらでいじられて、その手のあたたかさに、びっくりした。

ばあちゃんの手と、同じだった。

「おいおい、受験生？　どうした、おい？」

ボロボロと、涙が溢れて止まらない。

「相楽先輩？」

俯《うつむ》いて、必死に嗚咽《おえつ》を殺す真行寺と、困り顔で真行寺を宥《なだ》める相楽に、「どうかしたんですか？」

と訊《き》いたのは、彼だった。

「ああ、三洲。なんか、いきなり泣き出されてな、どうしたもんだか」

「まさか、受験生をいじめたりしたんじゃ……」

「人聞きの悪いこと言うなよなあ。いじめるどころか、俺はな、困ってる受験生を助けようとしてだな」

「それで泣かしたんですか？」

「だから、わけわかんなくて困ってるって言ってるだろ」

「きみ、大丈夫かい？」

真行寺の肩に手を掛けて、顔を覗き込んだ彼が黙る。

「どうした、三洲？」

「いえ。先輩、この子は俺が引き受けますから、ここはもういいですよ」

「と、言われてもだな」

「百三十五番、真行寺くん」

——え？

「あ？　なんだ？」

「この子の受験番号と名前です」

「なんだ三洲、知り合いか？」

「まあそんなところですから」

「そうか、なら、頼むわ。——あ、そうだ」

伝説の男はダウンジャケットのポケットから小銭を出すと、「三洲、これで飲み物か食い物、買ってやれ。腹になにか入れれば、多少落ち着くだろうし」

差し出された小銭をじっと見つめた彼は、

「……わかりました」

だが、素直に受け取って、

「頼むな。じゃ」

立ち去る男へ、軽く一礼する。

「――さて。真行寺くん」

「ひゃ、ひゃい。ぃっく」

「きみには過ぎた配慮かと思うんだけれどね、せっかくの相楽先輩のご厚意だ、ありがたく甘えるといい」

「ひゃい」

「行くぞ」

言うなり、真行寺の腕を引いて歩きだした。

昼時とは打って変わった、人気のないガランとした学生食堂。

目の前に置かれた天ぷらソバを、真行寺は夢中になって食べた。――渡された小銭だけではとても食べられないメニューなのだが、そんなこととは露知《つゆし》らず。

「まるで欠食児童のような食べっぷりだな。そんなんで、ちゃんと味がわかるのか？」

「うま、うまいっす」

ふうん、と、頷いて、彼は紙コップのコーヒーを飲む。

綺麗に動く細長い指に、一瞬、見惚れた。

「なに？」

「や。あ、いえ」

真行寺は慌てて、ソバをすする。――なにを頼んでもいいと言われて、遠慮なく、大好物の天ぷらソバを御馳走《ごちそう》してもらっちゃったのだ。海老《えび》のシッポも、ツユの一滴《ひとしずく》だって残さず食べるのだ！

「それ食べ終わったら、バス停に急いだ方がいいぞ。どこからの入試か知らないが、遅くなると乗り継ぎの交通機関がなくなるかもしれないからな」

三洲の知る限り、最も交通機関の不便な土地から日帰り受験に訪れた同級生の岩下政史《いわしたまさし》は、昨年、学校側が便宜《べんぎ》を図り、午後からの面接を一番最初に行ったのにもかかわらず、離島《りとう》へ戻る最終の定期船に間に合わなかった。祠堂から最寄りの駅に向かう路線バスが、雪のせいで遅れたからだ。

「……あのう」

「なに」

冷ややかに返されて、反射的に臆《おく》しつつも、

「み、みすって、どんな字を書くんですか？」

意を決して訊いた真行寺へ、更に冷ややかに笑った三洲は、

「これはまた、とんちんかんな質問をするねえ。俺の忠告、聞いてなかったな」

「聞いてました！　食べ終わったら、バス停までダッシュします！」

「ふうん」

で？　と、椅子の背凭《せもた》れに体重をかけて、「どうしてそんなことを、きみに教えなければならないのかな」

三洲が訊く。

「知りたいから、です」

「教える義理はないと思うが」

「俺、真行寺兼満って言います。両方を兼ねるの兼と、潮が満ちるの満で、兼満です」

「きみの名前なんか聞いてないだろ」

なに言ってるんだ。と、呆れた彼に、

「お願いします、教えてください」

真行寺は頭を下げた。

たった一日の間に三回も会えた偶然を、無駄にしたくなかった。

どうしてももう一度会いたくて、校舎へ戻る途中、けれど誰に居所を尋《たず》ねるまでもなく出会えてしまった幸運を、逃《のが》したくなかった。

三洲は溜め息をひとつ吐《つ》くと、

「しつこいね、きみ」

うんざりと頭を振り、椅子から立ち上がった。「食べ終えたら、バス停にダッシュする前に、食器はトレイごとカウンターへ戻しておくように」

「待ってください！」

真行寺は慌てて、三洲の腕を摑む。

「なんだよ」

「好きなんです！」

うっかり告げてしまってから、真行寺はハッとした。

だが三洲は、たいして驚いたふうでなく真行寺を見下ろして、

「なに、一目惚れでもしたの？」

揶揄《やゆ》するように微笑《ほほえ》むと、

「けれどね、そんな権利、きみにあると思うかい？」

冷ややかに、続けた。

「カ、カンニングは、した、したけどでも、してませんっ。見えちゃったけど、そんなつもりじゃなかったし、それに、見えちゃったところは空欄のままにしたし、残りはちゃんと自力で解きましたっ」

「そんな自己申告、誰が信用するのかな」

「なっ、ならどうしてミスさんは、このこと、黙っててくれたんですかっ」

「黙ってたわけじゃないよ。試験の途中でカンニング騒ぎはいただけないし、面接が全て終わるまで待つべきだと思ったからね、これから報告に行くんだよ」

「あ……」

真行寺の手から力が抜けた。「そ、うだったんすか……」

なんだ、そうだったんだ。

俯く真行寺に、

「冗談だよ」

三洲が笑う。

え？

ぼんやりと顔を上げると、

「漢数字の三と川の中洲《なかす》の洲だ。同じ州でも、さんずいが付く方の洲、それで三洲。下の名前は、きみが晴れて祠堂に入学できたら教えてやるよ」

三洲は実に実に愉《たの》しそうに、「ともあれ、先《ま》ずはくれぐれも家に帰り損なうなよ、泣き虫小僧くん」

路頭に迷ってまた泣く羽目になるぞ。と、あの綺麗な指で真行寺の頭をくしゃりとからかい、飲みかけの紙コップのコーヒーを手に、学食から出て行った。


赤面が、止まらない。

「み、三洲、さん、か」

ドキドキも、止まらない。

合格していたい。彼にまた会いたい。そして、ふたつの汚名を返上したい。

――カンニングはしたけど、してないよ。それに俺、泣き虫小僧なんかじゃない。

泣いたけど、きっと、ベンチの時のも見られちゃったんだろうけど、でも、決して泣き虫なんかじゃないのだ。

「泣いたの、ばあちゃんの葬式以来だもん……」

我慢強い子だと、周囲からはむしろそう、思われている。——両親も、そう思ってる。ちいさい頃から続けている剣道で、剣術の腕前だけでなく、きちんと精神修養をしているおかげだと、自慢している。

もう泣かない。

「強くなろう」

もっともっと、強くなろう。

あの人に、笑われたくないから。

そしていつか、サガラ先輩を越えるような器の大きな男になるのだ。でもって、あの人に、好きになってもらうのだ。

真行寺の熱い決意と希望を乗せて、路線バスは駅に向かってじゃりじゃりと、砂混じりの雪道を走ってゆくのであった。

バイオリンケースを片手に270号室のドアを開け、ぼくはギョッと立ち竦《すく》んだ。

三洲のベッドの端から、右手の手首から先が、ダラリと落ちている。

死体の手ってこんななんだろうか!? ——いや、実際に見たことはないのだが、でもそんな印象を受ける、眠っているようにはとても見えない、生命の息吹《いぶき》みたいなものをこれっぽっちも感じさせない、力なくダラリと垂れ下がっている手。しかも、三洲の手じゃない。あれは、多分。

咄嗟《とっさ》に、ぼくはバイオリンケースをぎゅっと胸に抱きしめた。それだけで落ち着くのだからありがたくも不思議だが、むろん、ここで逃げ出すという選択肢もあるにはあるが、早とちりの勘違いで後で笑い者になるのもナンなので、息を殺し、おそるおそる近づくと、

「……なあんだ、真行寺くんか」

もちろん死んでいるわけではなく、限りなく静かな寝息をたてて、真行寺兼満が、恋人同士という関係を切に切に希望しているものの、実際にはカラダだけのつきあいに甘んじさせられている三洲新《あらた》の、ベッドで眠っていた。

ぼくはホッとするやら、呆れるやら。

「でも、なんで？」

七月に突入した土曜日の午後ともなれば、インターハイの地区予選で勝ち上がっている部活は平日の練習不足を補う勢いで、遅い時間までガンガンに練習しまくっていた。

真行寺の所属する剣道部も、もちろん順調に勝ち上がっていて、しかも真行寺は二年生でありながらダントツの主力選手で、夕暮れにはまだまだ間がある六時前、こんな時間に真行寺が寮にいるなんて、変である。

「まさか、今日は部活が休み、――なんてわけないよな」

なにかあったのだろうか。

それにしても。

「らしいといえばらしいけど、住人のいない他所《よそ》の部屋のベッドで、どうしてそうも無防備に寝られちゃうのかなあ、真行寺くん」

ぼくだったら、とてもじゃないが、いろいろあれこれ気になって、ちっとも眠れはしないだろう。

俯《うつぶ》せて、くったりと眠る真行寺は、疲れてぐったりでもなく、気持ち良さそうに爆眠しているのでもなく、なんだか、呼吸していないクタクタの人形のようだった。——うたた寝とか熟睡とか関係なく、眠っている時はいつもこんな感じなのだろうか、真行寺。だとしたら、あまり隣で寝てもらいたくない寝方である。利久《としひさ》の直立不動寝もなんだかブキミだが、死体を連想させる真行寺のクタクタ寝も、充分、ぼくにはブキミである。

だが、さすが真行寺。閉じた睫《まつげ》の長さといい、整った顔の輪郭《りんかく》や各パーツの造形といい、眠れる森の美女ならぬ、

「まんま眠れる王子様だ」

笑って、ぼくはバイオリンケースを胸に抱いたまま、自分のベッドへ腰を下ろした。

あれ、待てよ。つまり、真行寺がここにいるということは、午前中の授業が終わってから、昼食に合わせて部屋へ荷物を置きにきたものの、それきり鉄砲玉のように出掛けっぱなしの三洲も、また戻って、しばらくここにいたのだろうか。真行寺と一緒に。

「相変わらず、仲が良いなあ」

どんなに忙しくても、ちゃんと会ってるんだなあ、三洲と真行寺。——感心どころか、感嘆

するよ。

例年、七月上旬に催《もよお》される生徒会主催の音楽鑑賞会が、今年も次の水曜日、七月七日の七夕に、午後の授業をまるまる潰《つぶ》して催されることになっていた。演目は、フラメンコギター。ギターと聞くと一見地味だが、そこは三洲のチョイスである。ぼくの拙《つたな》い音楽知識であっても、アストル・ピアソラとかのアルゼンチンタンゴとは別物なれど、ギタリストのビンセント・カマラは、日本ではさほど知名度はないが本国スペインでは熱狂的なファンを持つ若きカリスマで、パコ・デ・ルシアを継ぐ唯一の若き天才ギタリストと称賛《しょうさん》され、超絶なテクニックを持つ上に、アルゼンチンタンゴと比して劣らぬ情熱的なフラメンコなのだ、しかも、あの三洲が面目をかけてセッティングしたであろう会なので、ぼくのみならず、全校生徒の期待はイヤでも大きいのであった。

明日の日曜日、スペインから祠堂の音楽鑑賞会のためだけに来日してくれるアーティストを迎えに、生徒会顧問《こもん》と生徒会メンバーは揃《そろ》って成田《なりた》まで出向くのだそうだ。その準備のみならず、並行して、夏休みが明けた九月にドーンと待っている文化祭と体育祭の準備のために、祠堂学院生徒ご自慢の生徒会長殿は、相変わらず死ぬほど忙しい日々を送っているのであった。

「そんな中でもデートしてるんだから、マメというか、タフだなあ、三洲くん」

部屋替えしてからしばらくは、様子や勝手がわからないので不在の時は常に施錠《せじょう》していたぼくたちの部屋だが、最近は（よその部屋も似たような展開を見せているのだが）鍵《かぎ》は壁のオブジェと化し、すっかり出入り自由となっていた。

が、それでも、ぼくたちの部屋だけでなく、どんなに寮内の雰囲気が新入生を含め全体的に砕《くだ》けてきていたとしても、住人のいない部屋を訪れた来客が勝手にベッドで熟睡してしまうことは、まず、ない。

ので、

「ここでデートしていたものの、三洲くんに用ができて出掛けちゃったから、こうなったのかな？」

たまに室内で寛《くつろ》いでいても、三洲には直きにお呼びがかかり、彼が落ち着いて270号室にいるということは滅多《めった》にないのが現実であった。「でもって、三洲の帰りを待ちくたびれて、真行寺はうっかり眠ってしまった。というところかな？」

ぼくの読みとしては、その程度だ。まあ、ぼくの下手な推理はさておき、果たして真行寺を起こすべきか、そっとしておいてやるべきか。

考えて、ぼくは音をたてないようベッドから腰を上げた。のに、

「……あれ？」

ぱっちりと、真行寺が目を覚ました。俯せたまま、ぼんやりと視線を巡《めぐ》らせて、「あ、葉山《はやま》

サンだ」

ぼくを見て微笑む。

「おはよう。そんな所でなにやってるのさ、真行寺くん？」

つられてぼくも、微笑んでしまう。

「むー。オハヨウは、あんまりっすよ」

ぼくのからかいに口をすぼめて、「あ、もうバイオリンの練習終えて、温室から戻ってきたっすか？」

真行寺が訊く。

このところ日課になっている、温室でのバイオリンの練習。本音はちょっとナゾなのだが、ぼくのバイオリンが気に入っているらしい真行寺は、楽器の練習なんて、単調で退屈で、聴いててちっとも面白いわけがないのに、にもかかわらず、かなり頻繁《ひんぱん》に温室に現れ、しかも、しばらく楽しそうに滞在してから部活に行く、ということを、本当にやっていたのである。

「もう少し練習してたかったんだけど、なんだかやけに小腹が空いてね。いつもより早目だけど、もう学食に行こうかと思って、ひとまず部屋に戻って来たんだよ」

「言われてみると、俺もなんだか腹が空いているような……」

「ははは。空腹を忘れるくらい、よく寝てたんだ」

「寝穢《いぎたな》いって、アラタさんからいつもいじめられるっすよ」

真行寺は照れたように頭を掻くと、「最低八時間は寝ないと、ダメなんすよ、俺。もう、グルグルしちゃって」

「ふうん」

意外だな。「完徹《かんてつ》してもケロリとしてそうなのにね」

「人を見かけで判断しちゃいけないっすよ、葉山サン」

「三洲くんは、案外、寝なくても平気なタイプなのにねえ」

「そうなんすよ、だからすっげ、困るっすよ。夜とかこっそり会ってても、俺がすぐに寝ちゃうから、アラタさん、さっさと俺を見捨ててひとりで帰っちゃって、朝までひとりで取り残されたりするっすよ」

「起こしてくれないんだ、三洲くん」

「去年の、つきあい始めたばかりの頃は、さすがに起こしてくれたっすけどね。でも俺、眠くなると全然ダメダメで、起きなきゃいけないってわかってても、どうにもこうにも」

どんなに揺すってもクタクタするばかりで、一向に起きてくれない、ぬいぐるみのような真行寺が目に浮かぶようだよ。

「それで、見捨てられてしまうと」

「まあ、そんな感じっすかねえ」

遠い眼差しになった真行寺は、「でも、睡眠不足に弱いおかげでアラタさんと出会えたようなもんだから、俺的にはちっとも悪くないんすけど」

真行寺と三洲の出会い？　――や、今まで特に気にしてなかったが、そうだよな、生まれた時からつきあってるわけじゃないんだから、ふたりにも出会いの経緯《いきさつ》があるわけだよな。

考えてみれば、あの万事に手強い三洲新と、たとえカラダだけのつきあいとはいえ特別な関係になるのにどうすればいいのか、想像力貧困なぼくには皆目《かいもく》、見当すらつかない。

ふたりの経緯に興味がないといえば、ウソになる。

が、

「つまりそれって、前に真行寺くんが言ってた、三洲くんに握られてるすっごい弱みと関係あるんだ？」

「さーすが葉山サン。あるっすよー、すっごく」

なら、話してくれるはずはない、と。

「葉山サンはギイ先輩と、どうしてつきあうようになったっすか？」

「え？」

なんでいきなり、ぼくとギイの話題になるんだ？

「へへへ、なんちゃってー。すんません、今のはさすがに立ち入り過ぎた質問でした」

あっけらかんと笑って、真行寺は三洲のベッドに座り直す。「先月のトトカルチョオセロ大会が終わったのに、アラタさん、相変わらず忙しいのはどうしてでしょーか、葉山サン？」

「駄目だよ真行寺くん、トトカルチョだなんて、周知の事実でも口にしたりしちゃ」

真行寺につられて、ぼくも笑った。

結局、ぼくとギイのために一回戦で容赦《ようしゃ》なくギイを負かしてくれた三洲は、だが次の二回戦でさっさと負けてトーナメントから早々に姿を消した。なので、優勝したのはギイでも三洲でもないけれど、その後の三洲の食生活が豊かになったことを、ぼくは知っている。

優しいけれど、それ以上にしたたかなのだ、三洲新という男は。

「葉山サン、相楽先輩って知ってます？」

唐突な真行寺の問いに、

「相楽先輩？　って？」

ぼくはキョトンとした。

「葉山サンたちが一年だった時に、三年生だった」

「ああ」

思い出した。「懐《なつ》かしい名前だなあ。確か、伝説の男って異名を取ったすごく優秀な人で、

——って、なんで真行寺くんが相楽先輩のこと知ってるんだい？」

　接点はなかったはずだよねえ？

「その人、アラタさんの憧《あこが》れの人なんすよ」

「へえ」

　それは、そうかも。

　以前ぼくは三洲本人の口から、飲み込みの悪いばかは嫌いだと、目の前でハッキリ言われたことがあるのだ。いや、ぼくがそう罵《ののし》られて嫌われたわけではないのだが、つまり、三洲に於《お》いて、その逆のタイプは歓迎されるということで、相楽先輩は優秀な学生（なんと、一年生の後期から四期連続で生徒会長を務めた、前代未聞の人なのである）の代表選手みたいな先輩だったのだからして、真行寺のセリフは非常に納得のゆくものであった。

「アラタさんが忙しいのって、やっぱり、来週の音楽鑑賞会の準備のせいっすよねえ？」

「うん。それとか文化祭の準備とか、他にも、すぐに夏休みだから、急いでやっておかないといけないことがたくさんありそうだよね。おまけに三洲くん外部受験組だから、受験勉強もしなくちゃならないし」

　って、いや、受験勉強に関しては、ぼくも他人事ではないんですけど。

「忙しいは、確かに忙しいんだろうけどなあ。でも葉山サン、アラタさん、俺んことあしらうのに、いつもは確信犯で、俺に意地悪するためだけに、わざと素っ気ないじゃないすか。辛辣《しんらつ》っつーか」

「ああ、うん、そうだね」

真行寺には気の毒だけど、そうなのだ。

「それがここんとこ、なあんかフッーに素っ気ないんすよ。——忙しいからまたにしろ、疲れてるからまとわりつくな、うざったいから話しかけるな。とかとかって、セリフだけならいつもと同じなんすけど、なんつーか、それだけっつーか、じゃれさしてくんないっつーか、あしらわれてるっきりっつーか」

「意地悪に発展させるほどのゆとりがないんだ、三洲くんに」

「ゆとりがあるとかないとか、そんなの俺にはわかんないっすけど、素っ気なくあしらわれて、そこから先が全滅って感じっすね」

「コミュニケーションを大切にしている真行寺くんとしては、そうなると、寂しいねえ」

「そうっすねえ」

てへへと笑った真行寺は、ふと、「ねえ葉山サン、忙しいって便利な言葉だなあって思ったこと、ないすか?」

と訊く。

「え？」

三洲の枕を丁寧に直すと、真行寺はベッドから降りて、上掛けも丁寧に直した。

「葉山サン、俺がここで寝てたの、アラタさんには内緒にしといてください」

「それはいいけど、デートの途中で真行寺くんが寝ちゃったからって、きっと三洲くん、怒ってたりしないと思うよ」

「デートの途中で寝ちゃったわけじゃないっす」

「あ、なら、これからここで待ち合わせ？」

「違《ちが》うっす」

あれ？　ということは、どういうことだ？

「アラタさんと待ち合わせなんかしてないっすよ。ここにいたら、ほんのちょびっとでも会えるかなあって、急な腹痛とかウソついて、部活早退してこっそり待ってたら、うっかり眠っちゃって、それだけっすから」

真行寺は照れたように鼻の横をかき、「すんません、勝手に部屋、入ってて」

「いや、いいけど、真行寺くんなら」

ぼくが言うと、真行寺は不意に眉《まゆ》を寄せ、

「……また温室にバイオリン、聴きに行ってもいいっすか？」

と訊いた。

「いいよ、ご存知のとおり、たいした演奏でもないけどね」

応えるぼくに一礼して、真行寺は飛び出すように270号室を出て行った。


「忙しい、ねえ。確かにまあ、深読みが伴《ともな》うキケンな単語ではあるよなあ」

消灯時間を過ぎた300号室、枕元のちいさな白熱灯のスタンドだけが灯《とも》された、階段長のギイの部屋。の、ベッドの中。「イヤな誘いを断る時の常套句《じょうとうく》、もしくは、言い訳に困った時の魔法の呪文《じゅもん》、だもんなあ」

「忙しいと言われれば、たいていの場合、納得しちゃうよね」

そうか、それならしようがない。と。

「おまけにな、忙しい忙しいって二回繰り返して言うと、実にウソくさい」

笑って続けたギイに、ぼくは感心する。

気づかなかったが、確かにそうだ。

「すごく、軽薄で無責任な感じがする」

頷くぼくに、

「なあ託生《たくみ》」

ギイがハタとぼくを見た。「それとオレと、関係あるのか？　もしかしてオレのこと、軽薄で無責任だと遠回しに怒ってる？」

本気で心配そうな、綺麗な造形。

「そんなわけないだろ」

「あれかなあ、オレも忙しいって安易に口にし過ぎるかなあ」

「そんなことないって」

笑ってしまう。「ちょっと真行寺くんの様子がいつもと違うような気がしたから、それで、ギイの意見が聞きたかっただけだよ」

「ふうん、そうか」

のんびりと頷いたギイは、ぼくの背中に腕を回して、「三洲にどう言ってきた？」

と訊く。

訊かれて、ぼくはつい、赤面してしまった。

「別に、あの、特にどうとも。上、行ってくるって、天井《てんじょう》を指さして、それだけだけど」

「朝帰りでも許されるかな」

「それは、うん、大丈夫だと思う、けど」

「けど?」

「朝になったら戻らないと、ダメ、かな」

そっと訊くと、ギイは嬉しそうに、ぼくを抱く腕へぎゅっと力を込めた。

「かわいいなあ託生。そんなこと言われたら、朝になっても手放せないじゃんか」

「ちが、違うよ、単に、ぼくは寝坊だから、朝になったら帰るって約束してても、きっと寝過ごして守れないから、あの」

「明日はブランチにしよう、な。せっかくの日曜日だし、オレもたまには寝坊したいし」

朝までギイと一緒に過ごせる夜を迎えたのは、かれこれ二週間ぶりくらいである。どころか、こんなにゆっくりと甘い気分に浸《ひた》れるのも、かれこれ二週間ぶりの、ぼくたちなのだった。

「でも、しょっちゅう揉《も》めてても、結局、すごく仲が良いんだよ、あのふたり」

「おい託生、いきなり話題を戻すなよ」

ぼくの髪にキスを埋めてたギイが、興ざめしたと言わんばかりにぼくを睨む。が、「まあでも、かなり疲れてる感じはするよなあ、最近の三洲は」

「え、ギイもそう思うんだ?」

「意外そうに言ってくれるな。お前、まがりなりにも同室者だろ」

　呆れるギイへ、

「だって、ぼくの前だと疲れてる表情、一切見せないんだもん、三洲くんて」

「だからって、疎過《うとす》ぎないか？」

「三洲くんのポーカーフェイスが見破れるほどの眼力なんて、ぼくにあるわけないだろう。それにギイ、——あ、でも、少し痩《や》せたかも、三洲くん。ズボンのベルトの穴の位置、合わなくなったって言ってた気がする」

「あんまり食べてないみたいだもんな」

「えっ!!」

　なんでそんなこと、ギイが知ってるのさ！

「なに、託生。そんなに驚くなよ」

「だって」

「学食で顔を合わせることはあるだろ、普通にさ」

「でもなんでそこで三洲くんの食欲にまでチェックを入れるんだよ、ギイ」

「チェックって、そんな大袈裟《おおげさ》な。特別意識してなくても、それくらいのことは——」

「それはそうかもしれないけどっ、ギイにしてみれば、回りに気配りするなんて、ごくごく普通のことだろうけど、でもっ」

「託生のことだってちゃんと見てるよ」

「……本当に？」

訊くぼくに、ギイは少し目を細めると、

「なんか、最近めっきり甘え上手になったんじゃないか、託生？」

「え？」

「そうか、天然か、厄介《やっかい》だな、これは」

「えっ、ギイ？　わわわ」

「ははは。色気のないリアクションは変わらないなあ」

からかうように笑って、ギイはぼくのパジャマを脱がしにかかる。

「ギイ、ギイ、電気」

「消したくないんだけど、オレとしては」

「やだよ、消してよ」

「ワガママだなあ、託生は」

「どっちがだよ」

「託生がだよ」

ギイの魂胆《こんたん》はわかっている。でも、いつまで経ったって、見られて恥ずかしいものは恥ずかしいのだ。

「しょーがないなあ」

わざとらしく肩を竦めて、ギイがスタンドのスイッチに手を伸ばしかけた時だった。枕元に置かれたギイの携帯が、低く鳴りだす。

——こんな時間に？

ぼくは咄嗟に目覚まし時計を確認した。もう、十二時を回っている。

ディスプレイに相手を確認したギイは、

「悪い、託生」

あろうことか、ぼくより、電話を優先した。む。

マナーとしては、こういう時は、留守番伝言サービスにしておくか、電源を落とすかしておくべきなんじゃないのかな、崎義一《ぎいち》くん！

「ああ、こんばんは。——や、はい、いいですよ、大丈夫です」

愛想の良いギイの声に、腹立たしさが割増される。

まあね、わかっていたさ。北海道のスキー合宿の時だって、まさにぼくとの渦中《かちゅう》にありながら、ニューヨークの島岡《しまおか》さんへ、ギイの、ではなく、ギイの父親の秘書であるところの島岡さ

ん へ、電話がかかってきたのならともかく、わざわざ電話をしたんだったよね、きみは。

「しかも、向こうはまだ夜明け前で、熟睡していた島岡さんを、しつこくベルを鳴らし続けて叩き起こしたんだったよな」

おまけに、会話の最中に、ぼくによからぬことをしたのだ、この男は。

淡泊なんだか、いやらしいんだか、わかんないよな、ギイってば。

だがギイは、今回はぼくに不埒《ふらち》な真似をすることなく、電話を手にベッドから窓際へ移動して、なにやら小声で喋《しゃべ》っていた。

そうだよな、聞かれたくない話だって、そりゃ、あるよな。

わかってはいるが、むっとする。電話の最中にあれこれされても動揺するが、こうして遠く離れられても、やっぱり胸中はフクザツになる。

「ワガママなのは、ぼくの方だ」

三洲とはまた違う意味で、ギイも忙しい人なのだ。しかも、電話の相手は日本人とは限らなくて、かかってくるのも日本からとは限らなくて、なので時差というものがそこにはあって、こんな真夜中の電話でも、向こうはビジネスタイムかもしれないのだ。

脱がされかかったパジャマの上がなんとも滑稽《こっけい》で、ぼくは自分で脱ぐと、これみよがしにギイに投げつけた。

お。と、ギイの目が笑う。――嬉しそうに。

喜ばせるつもりではなくて、イヤミのつもりだったのに。

夏用の薄手の上掛け布団の下へ潜ると、パジャマのズボンだけ脱いで、これまたギイへ放り投げる。

更に嬉しそうににやけたギイは、人差し指をくいくいと曲げた。

次はまだか、という意味であろう。

なので、ギイに背中を向けて、ぼくは寝たふりをした。

「さあ、それは難しいんじゃないですか」

背後からギイの声が、近づいてくる。

ベッドの端が彼の体重で少し沈み、

「協力できることがあれば、それはしますけど」

上掛けを潜って、ギイの指先がぼくの裸の背中に触れた。

背骨に沿って、指先がゆっくりと下へ滑ってゆく。

ぼくは息を殺して、ギイの悪戯《いたずら》な指先を待った。

「はい、わかりました。それじゃあ、また後日」

親指で携帯の通話を切ると、スタンドの脇へぽんと放り、「たくみ」

ギイはベッドの上を素早くずり寄り、背中からぼくに覆いかぶさった。下へと滑らされた指先が、唯一残った下着の奥へ、指の腹で皮膚の窪《くぼ》みを味わいながら、じらすようにゆっくりと侵入してきた、その時、またしても、携帯電話が鳴りだした。

ぼくは固まる。瞬時に、固まる。

ギイ、まさか、出ないよね？

肩越しにギイを振り返ると、

「あ……」

困ったように動きを止めたギイは、「相手の確認だけ、していいか？」

ぼくに訊く。

「勝手にすれば」

ぼくから離れて電話を手に取ったギイは、表示された電話番号を見ると、

「ごめん、託生、悪い、五分だけ」

ぼくに片手で拝んで見せて、「Hello」

と、今度は英語で出た。

そうですか、結局そうなっちゃうんですか。

「えっ？」

通話の途中《とちゅう》でギイがギョッとぼくを見る。

ベッドから抜《ぬ》け出たぼくは、手早く床に落ちてるパジャマを着直すと、

「お邪魔しました」

慌ててぼくへ腕を伸ばすギイを向こうに押し遣《や》って、３００号室を後にした。


一度ならともかく、二度とは、あんまりだ。

せっかくの、せっかく久しぶりの夜だったのに、

「ひどくないか、ギイ」

恋人としてのぼくの立場やプライドは、どうなっちゃうんだよ。

引き留めようとした時のギイの切ない表情をふっと思い出し、後ろ髪引かれるように、森閑《しんかん》とした薄暗い廊下を振り返った。が、

「いいや、少しは反省すればいいんだ」

口の中で呟《つぶや》いて、影を振り切る。

こんな時間なので、足音を忍《しの》ばせてそっと２７０号室へ戻ると、驚いたことに、明かりを落

とした室内で、三洲は窓辺に立ち、カーテンを開けて外を見ていた。

「なに葉山、どうした、やけに早いお帰りだね」

しかも、意味深に笑われてしまった。

「三洲くんこそ。てっきりもう、寝てると思ってた」

明日は早朝に祠堂を出て、成田まで行く予定だったよね。

「なんか、寝つかれなくてね」

三洲は言いながら、カーテンを閉めて、自分のベッドへ腰を下ろす。

ぼくも自分のベッドに腰掛けると、

「こういう時、冷えたビールがあれば一気に飲んで、がーっと眠れるのにね」

「へえ、葉山はアルコールが入るとすぐに眠くなる方なんだ」

「すぐじゃないけど、それなりに」

ビールはともかく、日本酒は体質に合うのか、申し訳なくもかなり飲めてしまうのだ。未成年なので、あまり大きな声では言えないが。

「崎と同室だった時には、それなりに、飲んでたんだ」

「あ、まあ、時々ですけど」

折々に、ギイがどこからか調達してきて、ぼくは相伴《しょうばん》に与《あず》かっていた。たいていは、嬉しい時の乾杯で。

「なんだ、ケンカして戻ってきたわけじゃないんだ」

「え？」

「崎の話題でそんな表情してるんなら、ケンカのわけないいな」

「え、ぼく？」

そんな表情って、どんな表情？

三洲は曖昧《あいまい》に微笑むと、ふと、

「葉山、今日、ここに誰か来たのか」

と訊いた。

ぼくは一瞬、ギクリとする。

なにか、バレるような証拠でも残っていたのでありましょうか？

「誰かって、ううん、別に」

三洲は自分の勉強机の上の紙袋を見ると、

「そうだな、もし真行寺が来てたなら、あれがそのまま残ってるはずがないものな」

と、溜め息混じりに呟いた。――疲れてる感じ。さすがのぼくでも、わかってしまった。

「あれって、三洲くんがいつも買ってる週刊少年チャンプ？」

三洲が買ってるマンガ雑誌なのに、三洲が読む前にいつも真行寺が黙って持ち去り、ふたりが揉める（いちゃつく？）ひとつの原因となっているのだ。

「最近、デートしてないんだ、真行寺くんと」

「――デート？」

低く、迷惑そうに訊き返され、

「ごめん、訂正するね」

いけない、地雷《じらい》だ。「そうでした、つきあってるわけじゃ、なかったんでしたね。えっと、真行寺くんと、ゆっくり会うってこと、最近ないんだ？」

三洲はぼくを眺めると、ひとつ、息を吐き、

「――真行寺のことだけじゃなくて、いろいろと忙殺《ぼうさつ》されがちでね、よくない傾向なんだよ、最近は」

意外なほど、真面目に応えた。

真行寺への待遇に似ているが、や、さすがに足蹴《あしげ》にはされないが、でも、なにを訊いても、たいてい軽くあしらわれて終わりなのに、

「大変なのは、なにも俺だけじゃないってのにねえ」

「三洲くん……」

珍しい、三洲の、これは弱音だろうか。「ぼくにも、なにか手伝えることがあればいいんだけど」

「気持ちだけ、ありがたく頂戴《ちょうだい》するよ」

笑った三洲は、「悪いな、愚痴《ぐち》こぼしたりして」

「そんなことないよ。いいよ、愚痴くらい」

むしろ、ちょっと嬉しかったりして。第一、あの程度の愚痴は愚痴のうちにも入らないのであるまいか。――表面上ポーカーフェイスなだけでなく、基本的に、我慢強い人なのだ、三洲新という人は。だから真行寺は、あんなに三洲を気遣《きづか》うんだ。

どうしていつも真行寺が三洲に対してあんなにひたむきで健気《けなげ》なのか、正直、よくわからなかったけれど、今、彼の気持ちが、ぼくにも少し、理解できた。

「これからもさ、たいして役には立てないけど、せっかく同室なんだから、少しくらいぼくにも甘えてよ。いつも三洲くんに助けてもらってるばかりじゃ、ぼくも情けないし」

「甘える、ねえ」

三洲は皮肉に口元を結ぶと、「ともかく、いつまでも起きてるわけにはいかないから、眠る努力をすることにするよ。おやすみ、葉山」

「あ、うん。おやすみ、三洲くん」

ベッドに入る三洲に倣《なら》って、ぼくもベッドへ横になった。

途端、天井が目に映る。

天井の向こうにいるギイは、あれからどうしたのだろうか。

「まだ電話の最中かな」

もしかして、仕事や緊急の電話だったのかもしれない。尤《もっと》も、それ以外の理由でギイがぼくを放って電話に出ていたとしたら、マジに激怒ものである。

どんなに耳を澄ませても、廊下に人の気配はなく、ドアにノックは訪れない。

それはそうだ。話が終わっていたとしても、三洲がいるこの部屋へ、のこのこぼくを誘いに来られるほど、ギイは厚顔無恥《こうがんむち》ではないのである。

ああ、しまったなあ。

この期に及《およ》んでなんですが、ぼくはひどく申し訳ない気分になっていた。——もう少し、ギイのこと、広い心で慮《おもんぱか》ってあげればよかった。

まだキスもしてなかったのに。

触れられた、肌を滑るギイの指先が、ぼくの気持ちを乱してならない。

この期に及んで情けなくも、いや、はしたなくも、ぼくは、体が熱くなるほど、ギイが欲しくてたまらなかった。

「――あ」

うっかりと、ぼくは階段の途中で立ち止まってしまった。

上から降りて来た、ぴしっと髪をタイトに決め、メガネでクール系に化けていたギイは、けれどいきなり不敵に笑うと、

「いいところで会えたな、託生」

言うなり、ぼくの腕をがっしと摑む。摑んで、そのまま（ぼくにとっては進行方向逆なのだが）どんどん階段を降りてゆく。

「えっ、えっ、えっ？」

ギイと一緒に階段を降りていた吉沢《よしざわ》が、ドナドナの子牛のように有無を言わせず強引に引っ張られてゆくぼくを気の毒そうに見て、

「葉山くんにも都合があるかもしれないし」

と、そっと助け舟を出してくれたものの、

「あってもなくても」

ギイはあっさり却下《きゃっか》して、「助け合いの精神が、団体生活の基本だろ」

なんのことやら、のぼくである。

日曜日、の、午後。学食で遅めの昼食を済ませて、ぼくは部屋に戻る途中であった。

「もちろん、手伝ってくれるよな、託生くん？」

「え？　なに、なにを？」

の質問を、ギイにではなく、吉沢にしたものだから、

「笹《ささ》の搬入《はんにゅう》の手伝いだよ」

ギイのぼくの腕を摑む手に更に力が入った。

「いたっ、痛いって、ギイ」

なんなんだよ、もう。「笹って、なに？」

と、今度はギイに質問してあげる。

「七夕の、だよ」

それだけで、途端に機嫌《きげん》を直したギイは、「恒例の、大笹」

「ああ、毎年七夕の前になるとロビーに飾られる、あれ？」

どこからどうやって運んでくるのか、それ自体にも感心するが、寮のロビーの天井を緑一色に覆ってしまうほどの、それはそれは見事な大笹。そこに、高校生にもなって七夕の笹に願い

事を書いた短冊を吊《つ》るすのなんてなんだかなあ、とか言いつつも、結局、これでもかっ！　とばかりの勢いで、売店で買った折り紙で作られた願い事だらけの自家製短冊で色とりどりに埋め尽くされることになる、祠堂の名物行事である。——もしくは、祠堂の学生の現金さが顕著《けんちょ》に現れる、恒例行事とも言うべきか。

「それだよ、それ」

「へえ。笹の搬入って、階段長の仕事だったんだ」

「いつも日曜の日中にやってるからな、たいていの学生は外出してて、搬入される所は見てないだろうけど」

ぼくも、搬入されてる所は見たことがない。

「大笹かあ。……街から寮に戻ってくると、いきなりロビーでドーンと笹に出迎えられて、あまりの迫力に感動するんだよねえ」

「そうそう」

「イベント好きなギイには、もってこいの行事だねえ」

「はいはい、そういうことですよ」

ということで、「託生も、手伝う」

ちっとも、ということでなんかじゃないけれど、

「わかりました、手伝います」

ぼくは笑って承知した。


素直に手伝うことにしたのは、断る理由がなかったから。ということと、まあ、要するに、昨夜してあげられなかった『ギイへの協力』を今日は惜しむまい、と、そういうことなのである。——反省しているのだ、ぼくなりに。

正門ではなく、正門より遥かに大きくて立派な裏門から大型トラックで運ばれてきた大笹を、各階の階段長や居合わせた学生たちでわらわらとロビーまで運んだ。

笹とはいえ、これだけ巨大だと非常に重いので、万が一にも倒れることのないように、しっかりと固定して、多すぎる枝は剪定《せんてい》し、こうした方が見栄えが良いの、いや、良くない等と、あれこれ体裁《ていさい》を整えながら、がっちりと飾りつける。

思いの外、さほどの時間もかからずに作業は終わり、片付けの後で、ご苦労様と、ぼくは折り紙ではない、ちゃんとした和紙でできた小ぶりの短冊を数枚、いただいてしまった。

「さすがに今年は、手際が良いなあ」

搬入の監督をしていた先生が、腕を組んで感心している。

そうなのか、そうだよな。今年の階段長といえばギイに吉沢道雄《みちお》に矢倉柾木《やぐらまさき》に野沢政貴《のざわまさたか》と、錚々《そうそう》たる顔触れなのだ。そこに赤池章三《あかいけしょうぞう》は加わるは、八津広海《やつひろみ》の顔もあり、下級生の駒澤瑛二《こまざわえいじ》まで手伝いに入っているとなればもう、手際が良くないわけがないのであった。指揮するブレインも、それに従う面々も、申し分のないメンバーなのだ。おまけに彼らの仲の良いこと。

「このメンバーを全員引き連れて、いっそギイ、会社でも興しちゃえばいいのに」

同じベンチャーでも、成功率、とっても高そうだ。

ギイの側《そば》にいると、洩れなく優秀な人々とお近づきになれてしまう。ギイの側にいるだけで、彼らもぼくを当たり前のように受け入れてくれて、当たり前のようにぼくは彼らの優秀さ故の居心地の良さという恩寵《おんちょう》に、与かることができてしまうのだ。

一緒に作業に混じっていた一年生が憧れを込めた眼差しで、まだなにやら丸まって相談している彼らを見ていた。その中心に、ギイがいる。

「おい、葉山」

章三が、ぼんやりはぐれているぼくを輪の中へと手招きした。

真剣な表情で彼らが熱心に話し合っていたのは、知らぬが仏、一年生の夢破れそうな、単なる打ち上げの相談であった。それも、すこぶる、せこい雰囲気。

「無礼講するなら、そりゃ当然ギイの部屋だろ」

矢倉が言う。「な、葉山」

「えっ？」

どうしてここで、ぼくに振る？

疑問形のぼくにはかまわず、

「あの部屋には秘密がいっぱい」

おどけて笑う矢倉に、

「ハイテクもいっぱい」

野沢も笑う。「そのうちこっそり、部屋の改造とかするんじゃないのか？」

「するかよ、そんな面倒なこと」

「おっ、なら、面倒じゃなければやるのか、おい」

「しないって。たかが寮の部屋にそこまで投資してどうするよ」

「なんだ、しないのか。やれよ、面白いのに」

「わかった、部屋は提供するから、つまみは各自最低二品な」

「二品は多いだろ、一品でいいだろ」

「そうだギイ、学食のおばちゃんに、おにぎりおねだりして来いよ」

「いいね、おにぎり」

「おばちゃんたち、ギイには滅法《めっぽう》甘いからなあ」

「だからって、そう毎回、頼めるかよ」

「いいからいいから。飲み物は、いつものとおり各自持ち込みな」

「じゃ、一時間後に」

「え？　夕食の前に打ち上げするのかい？」

素朴に疑問を口にしたぼくへ、皆が一斉に注目する。

なんで？　どうしてそんな目で、ぼくを皆で見るんだよお。だっておにぎりって、普通、夜食じゃないのかい？

「おいおい葉山、夜の宴会じゃマズイだろ」

なんで？

キョトンとするぼくに、

「夜にはそれぞれ用事があるだろ」

ギイがこっそり、耳打ちする。

「用事って、宿題するとか、受験勉強とか？」

訊き返したぼくに、ギイが笑う、意味深に。

「まあ、そういうこととか、あれこれな」

え？　あ、そ、そういう意味、ですか。

「明日も休みなら、朝まで宴会でも一向にかまわないけどねえ」

矢倉も笑う。あっけらかんと。——笑う彼の視線の先に、八津がいた。

明日は月曜日で、朝から授業があるのだ。消灯後にあれこれしてては、時間が足りない。平日では寝坊なんかできないし、それになにより、いつまでも不埒な気分を引きずっているわけにはいかないのだ。まだ学生なんだから。

ちゃんとケジメなければ、楽園は簡単に崩壊してしまう。

彼らの言わんとするところは、つまり、そういうことだった。


「だからって、ギイ」

ドアノブに『外出中』の札を下げ、内側から施錠された300号室のギイの部屋。

まだ七時前なのに、宴会の残骸《ざんがい》がそこかしこに残る床へ、ぼくは押し倒されていた。

「他の連中は知らないが、オレの用事は、このことだ」

「って、待ってよ、ギイ」

「昨夜は悪かったよ、託生」

「待ってってば、ギイ」

服の下に滑り込もうとする悪戯な指先を必死に止めて、「待って、ぼくにも謝らせて、お願いだから」

「え、なにを？」

マジで不思議そうに訊き返すギイに、

「ぼくも、拗《す》ねて帰ったりして、悪かったよ」

「なんだ」

嬉しそうにギイが微笑む。「そんなことか。気にしなくていいのに、託生」

「気になったんだよ。でもっ、ギイが身勝手だからいけないんだからな」

「だから悪かったって、託生」

「だいたいねえ、北海道の時だって、ぼくを押し倒したまま島岡さんに電話したよねえ」

「あれ、そんなことがあったかな」

「とぼけるなよ、しらじらしい」

「ははは」

悪びれずに笑うギイは、

「あれはあれで失礼だけど、なんで昨日は電話の時に離れたのさ。ぼくに聞かれたくない話なら、そもそも——」

「や、聞かれるのはかまわなかったんだ」

あっけらかんと、そう言った。

「——へ？　かまわなかった？」

「オレが託生から離れたのは、まあ、あれだよ」

「なんだよ」

「その……、電話の最中でもしちゃいたいのはヤマヤマなれど、なんて言うか、相手にお前の声を聞かせたくないってのもあるし、それに、うっかりヒットすると、オレもマズイし」

「なに、どういう意味？」

「あのさあ託生、オレも、気持ちいいわけ」

「え？」

「話の途中で、声が変わったら、マズイだろ」

「……ごめん、よくわかんないんだけど」

「だからな、要は電話の相手が問題なわけ。託生にしろオレにしろ、こっちの変化とか様子とかがうっかり伝わっても問題ない相手なんて、島岡だけだって」

「ああ、――そう」

そうなんだ。「なんだ、あの時は電話の相手が島岡さんだったから、あんなことしながらでも電話ができたんだ」

「なんだよ託生、まさかお前、オレにオカシナ趣味があると思ってたんじゃあるまいな」

「そういうシチュエーションが燃えるとか、そういうのかな、って、思わなかったわけじゃないけど」

だから、昨夜はむっとしたのだ。よそよそしく距離を取られて、いや、電話で誰かと会話してる時にあれこれされたいわけじゃないけど、矛盾《むじゅん》しているようだけれども、でも、ギイが離れて行った時に、ちょっとプライドが傷ついたり、しちゃったのだ。

「ひどいぞ、おい」

「悪かったよ、誤解してて」

「まったくだ」

怒ったふりをしたギイは、「それより、オレ、あれからすっげ、辛かったんだぞ、託生」

「ぼくだって、そうだよ」

後悔したんだ、ぼくだって。

言うと、またしても相好を崩したギイは、

「なら、隣のベッドに三洲がいるから、必死にガマンしたんだ、託生？」

ニヤニヤしながら、意地悪く訊く。

「そうだよ、ギイは――」

言いかけて、やめた。ギイには同室者がいないのだ、そういうコトするのに、ちっとも不自由な環境じゃなかったのである。

「なに、オレがどうかした？」

「してない、してない」

「オレがあれからどうしたか、知りたいだろ？」

「ぜーんぜん、知りたくないです」

「あの後なあ」

「やめてくれ！」

ぼくはこれみよがしに、耳を両手で塞《ふさ》いだ。

ギイがどうしたかなんて、想像したくないんだよ。

「……託生、もうこんなになってる」

服の上からギイが撫でる。

「ギイが余計なこと言うからいけないんだろ！」

「いけなくないだろ、ちっとも」

口唇《くちびる》を重ねて、ギイが囁《ささや》く。「想像しただけでこんなに感じてくれるなんて、光栄じゃん、オレ」

「だからっ、そういうこと、いちいち言葉にするなよっ！」

「オレも、託生のこと、たくさん思い出してた」

「……ギイ」

「託生のこととか、あそことか」

「ギイ、もうやめて」

「思い出して、イキながら、託生の名前を呼んだよ」

「あ……っ、やだ」

「愛してるよ、託生」

首筋に囁きを埋めながら、ギイは握り込んだぼくを容赦なく責めあげた。

九時半頃に270号室へ戻ると、意外なことに、室内に光が溢れていた。

「あれ、三洲くん、もう帰ってたんだ」

午後の便で到着するビンセント・カマラ一行を空港で出迎えた後、宿泊先まで同行するので、消灯前に帰ってこられるかどうかわからないと、今朝、出がけに言っていたから、「意外に早かったんだね、お帰り、三洲くん」

昨夜はぼくが言われたセリフを、他意はないが、口にしていた。

が、室内に三洲の姿はない。

電気を点《つ》けたまま出掛けるような不経済なことはしない彼なので、バスルームを使っているのかと耳を澄ませたが、聞こえてきたのは水音ではなく、静かな寝息だった。

「――あ」

ベッドのヘッドボード越しに覗くと、これまたものすごく珍しいことに、几帳面《きちょうめん》な三洲が、服を着たまま、仰向《あおむ》けに倒れるように寝入っていた。

疲労の色が濃い、というのは、こういう状態を表すのであろう。

そしてまた、こういう状況でどうすればいいのかわからない、気の利かないぼく。

困っていたその時、ドアにノックがあった。

返事をする前に、元気な利久の入室パターン、いきなりワッと入って来られたらたまらないなど危惧《きぐ》しつつ、急ぎ足ながらもそうっとドアに近づいたぼくは、金具の音がしないよう注意して、ドアを開ける。

「——あれ、真行寺くん？」

そこにいたのは、利久と同じく、いつもはノックと同時に元気に入室してくる、真行寺兼満だった。「どうしたんだい、やけにおとなしい登場だね、今夜は」

ぼくが小声で言うと、つられた真行寺も、

「どうしたんすか、そんなひそひそ声で、葉山サン？」

似たような小声で訊き返した。

「うん、三洲くんがね、もう寝てるんだ」

「アラタさんが？」

でもまだ、十時前っすよね？

更に小声で続けた真行寺に、廊下へ出るよう促して、後ろ手にドアを閉める。

廊下には、行き交う学生の姿もまだまだ多く、それなりに賑やかである。

「やっと普通に喋れるね」

ぼくがホッと言うと、

「アラタさん、どうかしたんすか？」

同じく普通に、だが心配そうに、真行寺が訊いた。

「ん？　や、多分、ずっと睡眠不足だったから、ほら、今朝も早かったし、日頃の疲れも溜まってて、それでいくら寝不足に強い三洲くんでも、さすがに参っちゃったんじゃないのかな。……かな？」

「もしかして、洋服着たまんま、寝ちゃったりしてますか？」

「うん、そうなんだ」

そうだ、三洲のことは真行寺に訊くのが一番じゃないか。「こういう時、どうしてあげたらいいのか、わからなくてさ」

起こすのは気の毒だが、あのまま朝まで、というのも、どうかと思うのだ。

「じゃ、俺、やりましょうか？」

「え、なにを？」

「アラタさんを着替えさせて、ちゃんとベッドで寝させます」

「頼んでいいかい？」

ぼくは瞳キラリンである。

「いいっすよ。あ、葉山サン、——アラタさんのナマ着替え、見たいっすか？」

どうしてそう、わざわざエッチくさい訊き方するかなあ、真行寺。

そりゃあね、かれこれ三カ月以上も同室なんだから、三洲の着替えは見慣れているし、ナマ着替えと聞いてドキドキするわけでもないけれど、改めて見たいかと訊かれたら、

「別に、見たくはないけど」

と、応えるしかないであろう、ぼくとしては。——下心もないんだし。

「なら、ちょっとここで待っててください」

室内へ静かに入って行った真行寺は、だが、ものの五分としないうちに廊下へ戻ってきた。

「もう終わったのかい？」

なんて素早い。

「あの人、一度熟睡しちゃうと俺と同じくらい寝起きが悪いっすから、起こさないよう着替えさせるのって、けっこう簡単なんすよ」

「へえ、そうなんだ」

いつだってぼくは三洲に起こされる側なので、彼の寝起きの悪さというのは、どうにも実感できないのだが、「だったらぼくでもできたんだ」

「や、葉山サンにはちょっと、抱き起こすのが重いんじゃないすかねえ」

眠ってしまうと子供でも、ぐっと重くなるものだが、「そういう意味で苦労するっすよ、葉山サンだと」

「あ、そう」

そんなに非力に見えるのか？　いや、確かにぼくより真行寺の方が、体力も筋力もありそうだし、事実あるだろうし、否定はしないけれども、でも、「三洲くんの着替えくらい、できるような気がするけどなあ」

ちいさく呟いてみたけれど、どうやらそれは、真行寺の耳には届かなかったらしい。

「それにしても、眠くて朦朧としている方が、アラタさん、却って聞き分け良かったりして」

真行寺がこっそり思い出し笑いをする。

「じゃ、素直に着替えさせてくれたんだ」

「でも着替えたの、パジャマだけっすけどね」

「え？」

「いくらアラタさんが寝起きが悪くても、下着まで替えようとしたら、無意識の条件反射で殴られそうっすから」

「あ、はあ、なるほどね」

そうか、正しく恋人同士なら、たとえばぼくとギイならば、うっかりぼくが熟睡してしまい、ギイに下着まで換えられても、確かに抵抗はしなさそうだ。それが逆でも、ギイも抵抗しないだろう。

「そいじゃ葉山サン、おやすみなさい」

「って、ちょっと真行寺くん」

「なんすか?」

「三洲くんに用があったから、訪ねて来たんじゃないのかい?」

「そうっすけど、あれじゃ話なんかできないし」

「あっ、新しい少年チャンプのことなら、三洲くんの机の上に紙袋があっただろ、あれがそうだから持って行くといいよ」

どうせ三洲は、今夜読むわけではないだろうから。「明日返せば、全然問題ないし」

ぼくのすすめに、真行寺は明るく笑うと、

「いや、いいっすよ葉山サン。やめときます」

「遠慮なんて、真行寺くんらしくないよ」

「や、そういうんじゃなくて。——借りても、俺も今夜は読んでる暇ないし」

「なんだ、そうなんだ」

ぼくは納得した。「無理にすすめて、悪かったね」

「いいっす、そういう葉山サンの謙虚で優しいトコ、俺、すっごい好きっすから」

「ちが、そんなんじゃないよ、ぼくは」

「照れなくてもいいっすよ。じゃ、おやすみなさいです」

ペコリと頭を下げられて、

「おやすみなさい。——あっ、ありがとう真行寺くん、助かったよ」

言うと、真行寺はまた、にっこり笑った。


「葉山、夕飯どうする?」

火曜日の夜、いよいよ明日に音楽鑑賞会を控《ひか》え、全ての準備が終わったのか、三洲は久しぶりに日暮れ前には生徒会室から270号室へ戻っていた。

「あ、うん、行く」

ぼくはやりかけていた宿題を途中でやめて、椅子から立ち上がった。「お腹が空いて、全然集中できなかったんだ」

言うと、三洲は笑って、

「睡眠と食事は大切だよなあ、欠けるとどうしても調子が良くない」

ドアを開ける。

「三洲くんは、睡眠か食事、どちらかひとつ選べと言われたら、どっちにする?」

「どっちがよりなくても我慢できるかってことかい?」

「うん、そう」

「そうだなあ、どっちもそれなりに我慢はできるからなあ。――葉山は?」

「ぼくは、うーん、食事かな。睡眠不足も辛いけど、けっこう耐えられちゃうからさ」

「徹夜、平気だっけか、葉山?」

「うん。最高記録は三日かな」

「それはすごい。三日も徹夜は、とても無理だ」

笑った三洲は、「葉山の記録にはとても太刀打《たちう》ちできないから、俺は反対にしておくよ、睡眠を取る」

「じゃあ真行寺くんと同じだね」

ぼくが言うと、三洲が黙った。――黙られて、ドキリとした。

ナニカまずいコト、言った、ぼく?

「そこまで俺はひどくない。あいつはまったく、寝穢《いぎたな》いからな」

冷ややかに口にして、三洲はぼくから視線を外す。

外された理由も意味もわからないが、真行寺のなにかが彼の中で引っ掛かっているのは、ぼくにもわかった。

週刊ならぬ習慣のように、毎週毎週欠かさずに、先を争う勢いで三洲のマンガを横取りしていた真行寺。なのに、今回はなぜか、あれからもマンガを奪いに現れなかった。２７０号室へ三洲を訪ねても、来なかった。

どんなに三洲が忙しくしてても、なにかと理由をつけては出没していたのに。なのに、昨日も今日も、温室にすら現れなかった。——もしあの夜、真行寺がいつものようにマンガ雑誌を勝手に持って行っていたならば、例によってきっと三洲は、無理に時間を作ってでも、真行寺の所へ奪い返しに行っただろうに。

三洲に話したいことがあると言っていたのに、それも、どうなったのやら。

七時を回り、学食は徐々に混み始めていた。

それでも、ギイや章三たちの姿はさすがにまだなくて、ぼくは、滅多にないことだが、三洲とふたりきりで、肩を並べて夕飯を食べていた。

皿のおかずが半分も減らないうちに、三洲が箸を置く。

ぬるくなった湯呑《ゆの》みの緑茶をちいさくすすると、肩で息を吐いて、ぼくを見た。

「葉山、先に部屋に戻っててていいかい」

「いいけど、三洲くん、もう食べないのかい？」

三洲に食欲がないようだとギイが言ってたけれど、本当に、これでは体が保たないのではないかと、ぼくでさえが心配になる、三洲の食べ残しの量だった。

「食べるより、少し休みたいな。咀嚼《そしやく》するのもかったるいんだよ、なんだかね」

食物を噛《か》んで飲み込むのすらかったるいだなんて、それは相当、疲れているということではないですか？

「大丈夫かい、三洲くん？」

「部屋に戻ってサプリメントを飲むから、大丈夫だよ」

それは……健康的というのか、健康的でないというべきか。

トレイを手に椅子から立ち上がった三洲は、

「ああそうだ、売店でミネラルウォーター、買ってかないとな」

言って、ふと、遠く売店を窺《うかが》った。

と、売店に、ショーケースの前で長身の背を屈《かが》め、剣道部の仲間たちと賑やかに調理パンを物色している真行寺がいた。——なんと奇遇なタイミング。

力が抜けたようにカタンとトレイがテーブルに戻り、三洲はそのまま椅子へ腰を落とした。

「……三洲くん？」

「なんでもない」

言いながら、三洲は俯いて額を押さえる。

俯いた首筋に、じっとりと脂汗《あぶらあせ》が浮かんでいた。

「もしかして、立ちくらみ？」

「なんでもないよ、葉山」

「でも」

「しばらくこうしてれば、治るから」

やっぱり貧血、起こしてたんじゃないか。

俯く横顔が、青白かった。

「意地を張ってる場合じゃないのに。校医の中山《なかやま》先生から、クスリもらって来るよ」

「いいって、葉山」

「よくないじゃないか」

「いいんだ」

静かに言い切られて、ぼくは口を噤《つぐ》んだ。

三洲はゆっくり顔を上げると、

「ほら、もう大丈夫だから」

血の気の引いた顔色のまま、微笑む。

「……サプリメントは飲むんだろ？　クスリ嫌いってわけじゃないよね？」

「騒がれるのがイヤなだけだよ。こんなことで注目されるのも不本意だ」

「こんなことって……、具合が悪い時に、不本意もなにもないだろう」

「ムキになるなよ。お節介《せっかい》だな、葉山」

「お言葉を返すようですが、三洲くん、ぼくがお節介なんてのは、今に始まったことじゃありません」

「――そうでした」

三洲はまた笑って、喉を潤《うるお》すべく湯呑みを取ろうとして、やめた。「確か、貧血の時に緑茶を飲んだらいけないんだよな、静岡《しずおか》県民？」

「え？　あれ？」

いくら日本茶が静岡県の名産品でも、だからって県民全員が緑茶の効用に精通しているわけじゃないんだよお。「や、ええっと、確か、鉄剤《てつざい》とか、貧血のクスリを飲む時は、緑茶とかコーヒーはダメだったような……」

タンニンがどうとかイオンの吸収がどうとかって、教えられたような気もするが、

「味なんかほとんどしない、こんな出がらしでも、今は飲まない方がいいのかな」

「よくわかんないけど、どうしてもこの出がらしのお茶が飲みたい！　とか言うんじゃないん

なら、念のためにやめといた方がいいかもしれない。喉渇《かわ》いてるんだよね、冷たい水、もらってくるからちょっと待ってて」

言うと、三洲はテーブルに両肱《りょうひじ》をついたまま、

「ありがとう」

素直に頷いた。「せっかくの同室者の好意だからな、お勧めに従って、甘えさせてもらうことにするよ」

「え？　あ、うん」

や。照れるなあ。——この前話したこと、覚えててくれてたんだ、三洲くん。シニカルに笑われたから、てっきり流されてたのかと思ってた。

椅子から立ち上がろうとしたぼくの前に、いきなり迫った大きな壁。

「こっ、こんばんは！」

「わ、びっくりした」

いつの間にここまで来たんだ、真行寺!!　って言うか、いつの間にぼくたちがいることに気づいたんだ、真行寺!?

そそり立つ壁のように、というのは大袈裟だが、ぼくより遥かに背の高い真行寺を見上げて、あまりの俊敏さに啞然《あぜん》とするぼくをよそに、ぼくなど眼中になく、斜《なな》め下へ視線を落とした真

行寺は、

「あの、どうかしたんすか、アラタさん？　具合、悪そうに見えたんすけど……」

そっと、そうっと、三洲に訊いた。

三洲は冷ややかな眼差しで真行寺を見返すと、

「なんだい。また、大きなお世話をしに来たのかい」

暗に日曜日の着替えの件を指す。

続ける言葉に詰まった真行寺。──流れる沈黙が、ぼくには重い。

見ると、真行寺の手には、売店で買ったばかりの菓子パンと調理パンとミネラルウォーターの入った袋が握られている。

「真行寺くん、その水、譲《ゆず》って」

「へ？」

「そのミネラルウォーター、譲ってもらってもいいかな」

「あ、これっすか？」

袋を掲《かか》げた真行寺は、「いいっすよ」

「いらないよ、葉山」

三洲の一言に、またしても動きが止まる。

だがそれで、水が欲しいのはぼくじゃなくて三洲だと察した真行寺は、

「へ、変っすよアラタさん、いつもなら、俺のものは自分のものって、平気で取り上げるくせして」

明るく笑って、袋からペットボトルを抜き出した。

「ありがとう、真行寺くん。これって百円だったよね。後で払うから――」

「いいっすよ葉山さん、じゃ、俺、行きます」

ミネラルウォーターをテーブルに置いて立ち去ろうとした真行寺に、

「あっ、ねえ、三洲くんになにか話があるって、前に言ってたよね真行寺くん」

ぼくは慌てて、声を掛けた。

このまま真行寺を帰したら、まずいような気がして。

「……あ!」

嬉々《きき》として振り返ったものの真行寺は、不機嫌そうな三洲の顔を見た途端、意気消沈な照れ笑いとなり、「……あ、や、たいしたことじゃないんでいいっすよ、葉山サン」

逃げの構えだ。

「――たいしたことじゃないかどうかは、俺が決める」

そこへ、輪をかけて不機嫌そうに、三洲が言った。

思わずぼくと真行寺は顔を見合わせ、ふたり揃って怖くなる。

「聞いてやるから話してみろ」

怒ってる。これは絶対、怒ってる。

どの辺りが三洲の怒りを買ったのか、ぼくにも真行寺にもわからなかったのだが、ここで逃げたり誤魔化せば、更に事態は悪化するであろうと容易に想像がついたので、

「俺の洋服見立ててくれるって、前から約束してましたよね！」

真行寺は一気に言った。

三洲は意外そうに、訊き返す。

「なに。話って、そんなことか？」

「だ、だから、たいしたことないって、さっき言ったじゃないっすか」

恥ずかしさにドッと赤面した真行寺へ、

「ああ、約束はしていたな」

恥をかかせて悪かった、と、詫《わ》びはしないが、頷いて、真行寺のセリフを肯定することで、三洲なりのフォローをしてあげた。——と、わかってきたあたり、ぼくもなかなか、三洲に詳しくなったのである。

「安物ばかり買わないで、たまには仕立てのちゃんとした服も着るべきだと、確かに意見し

んか」

「やっと小遣《こづか》いがまとまった額になったんで、今度の日曜日に、一緒に街まで行ってくれませ
た。――で？」

「今度の日曜日？」

三洲はしばらく考えて、「……ああ、悪い。……その日はダメだ」

ちいさく応えた。

らしくない、鈍い口調。

「あ、やっぱ、ダメっすか」

弾《はじ》けるように、真行寺が笑う。「じゃないかなーって、思ってましたけど。アラタさん忙し
いっすもんね。先約入ってるんじゃしょーがないっす、諦《あきら》めます」

やけに聞き分けよく、明るく納得する真行寺に、なぜか顔を曇らせた三洲は、

「先約というほどのものじゃないけどな」

やはり、らしくない、歯切れの悪い物言いをする。

今度の日曜が駄目だとすると、その翌週は、ああ期末テスト前日だ。外出なんかしてる場合
じゃない。でも、テストの後はもう、夏休みになっちゃうよ。

退寮日、三洲はむろん帰省するのだが、真行寺たち剣道部は（利久や吉沢の所属する弓道部

と同じく）インターハイの合宿として、しばらく学校に残るのである。帰省がてら、ついでに一緒に買い物をする、というコースも、無理っぽい。

「それに真行寺、日曜日に買い物なんてお前こそ無理だろ。部活があるんじゃないのか？」

「ありますよ、午前中だけっすけど」

「午前中だけか。……そうか」

午後は、空いてるのか。

「や、気にしないでくださいって、アラタさん」

「そうだ、前日の土曜日は、真行寺くん？　午後からの部活、休むのが無理なら、ちょっと早引けさせてもらうとか」

ぼくの提案に、三洲が苦笑して、

「葉山、それで真行寺は大丈夫としても、俺たちは駄目じゃないか。土曜日の午後には七夕の笹を燃やすイベントがあるだろう。階段長の彼氏がいながら、知らないとは問題だぞ」

「ちちちがっ、違うって、三洲くん」

そんな、真行寺くんの前でハッキリと。「彼氏だなんて、とんでもないっ」

だが、慌てるぼくの心配をよそに、

「お心遣いどうもっすー、葉山サン」

真行寺はにこにこにこちゃんでペコリと頭を下げると、三洲へ向き直り、「この夏休みって、アラタさん、ずっと予備校の夏期講習に通うんすよね」

笑顔のまま、訊く。

「──ああ」

「受験勉強、頑張ってくださぃ！」

ほいじゃ。と、元気に立ち去る真行寺の背中を、三洲は複雑な表情で見送っていた。


文化センターの男子トイレを出たところで、急いで走り込んできた男がぼくを見て、いきなり立ち止まった。

不思議そうな顔で、しげしげとぼくを見る。

ぼくもぼくで、今日はまるまる祠堂学院に貸し切りであるはずの文化センター内に、どうして先生でもない私服姿の一般人がいるのだろうかと、やはりしげしげと相手を見返してしまった。

「んー？　もしかして、葉山託生？」

訊いて、やけに嬉しそうに男が笑った。「いや、もしかしなくても、葉山だ、葉山」

「そ、そうですけど」

「なあんだ、すっかり険がなくなって、いい感じになってるじゃないか。良かったなあ」

言いながら、男の手がぼくの髪をくしゃくしゃっといじる。

「……はあ」

ありがとうございます、と、ここは言うべきなのだろうか。

おとなしくされるがままになっていたのだが、男はいきなりハッとして、

「ごめん、葉山」

急いで手を引っ込めた。

あまりに済まなさそうな表情に、

「いえ、別に」

言うと、

「無理してないか？」

と訊かれる。

「いいえ？」

なにを無理するんだろう。

応えると、男はやけに感動したように拳《こぶし》を胸の前にぐっと握りしめ、

「葉山に触れる日が来るなんて、いやあ、人生ってのはいいもんだねえ」

意味不明にしみじみした。

刈り上げた短髪の、まだ初夏だというのに肌の色のやけに黒い、ポロシャツの肩や腕が盛り上がるほど筋肉質な体つきの、やけに精悍《せいかん》な印象の男の人だった。——やたらと親しげにされてはいるが、誰なんだ、この人は？

ふと腕時計を見た男は、

「おおっと、いけない。またな、葉山」

急いでトイレに入って行く。

ぼくはしばらくポカンとトイレを眺めていたが、正体不明が気になったところで、後を追いかけるのも、ここで待っているのも変なので、ぼくはそのまま歩きだした。

あの年頃の男の人で、以前のぼくを、つまりは、人間接触嫌悪症時代のぼくを知っている人となれば、

「卒業生？」

他には考えられないが、でもなんで、音楽鑑賞会に卒業生がいるんだ？

それに、あんな風貌《ふうぼう》の先輩なんて、いたっけか？

たいした容量ではないのだが、ぼくの記憶スペースをあれこれ検索してみたものの、該当《がいとう》する顔は残念ながら見つけられなかった。ただ、あのざっくばらんできさくな感じに、引っ掛かるものがある。

一年生の頃、物理的に近づかれるのを極度に嫌ったぼくに、そこそこ距離を置きながらも、小学校の登校リーダーの上級生のようにいつもニコニコ笑いながら、いつまで経ってもちっとも集団生活に馴染《なじ》めない（回りから見れば、馴染まない）ぼくへ、飽きずに懲《こ》りずに、なにかにつけて話しかけてくれる先輩がいた。

「……相楽先輩？」

そうだ。

『——葉山サン、相楽先輩って知ってます？』

偶然にも、つい最近、真行寺が口にしたその名前。

『その人、アラタさんの憧れの人なんすよ』

三洲が憧れていたらしい、相楽先輩。

「でもなあ、あんなに筋骨隆々じゃなかったし、あんなに黒くもなかったし」

だが、あの物怖《ものお》じしない、ざっくばらんなきさくさは、――かもしれない。いや、きっとそうだ。

でもなんで、ここに相楽先輩がいるんだろう。

正体はわかったものの疑問はちっとも解決されず、ぼくは首を傾げながらも、開演を待つ、ざわざわしている会場の自分の席に向かった。

あの三洲新が手掛けただけあって、今年の音楽鑑賞会も、昨年以上の盛り上がりとなった。

「やってくれるわ」

ビンセント・カマラは、祠堂学生にとって昨年の井上佐智《いのうえさち》のような高い認知度のないアーティストなれど、その情熱的なギターの素晴らしさといったら、もう。おまけに、彼が引き連れて来日した歌手《カンテ》も、フラメンコの踊り手《バイレ》も、とにかくものすごい迫力《はくりょく》で、演奏会の後半、ステージ上の彼らに促され、共に打つ手拍子《パルマ》で舞台と客席が一体となって巻き上がる渦のように盛り上がり、日本に居ながらにして血が躍るようなスペインの熱に触れた気がした。

さすが三洲、よくこんな演奏会を設定したものだと評判しきり。しかも正面玄関に全学生を集め、一階ロビーに入りきらない学生を二階ロビーや階段に回し、やんやの拍手喝采の中、華やかな花道を作ってアーティストを見送るという、返礼のような派手な演出までくっつけた。

完璧主義のマケズギライ。良くも、悪くも。

「それにしても、学校の予算で、よくこれだけの音楽会ができたもんだよなあ」

唸《うな》る章三に、

「そうだよねえ、わざわざスペインからアーティストを招くだなんて」

同意しつつ感心するぼくに、

「できないさ、予算の枠内《わくない》じゃ」

ケロリとギイが言った。

二階の手摺《てす》りから身を乗り出して、彼らを見送るパフォーマンスに先陣を切って参加していたギイは、いきなり冷静に、ぼくらに応えた。

学年もクラスもぐちゃぐちゃなロビー、目敏《めざと》いギイがぼくと章三を見つけて、ぼくたちは今、どさくさ紛《まぎ》れに一緒にいるのであった。

「驚いたと言えば相楽先輩だよな」

章三が言う。

アーティストに同行している唯一の日本人、それが相楽先輩であった。

「なんで相楽先輩が一緒なんだろう?」

後で当事者の三洲から事情を訊くつもりで、単に疑問を口にしただけなのに、

「通訳のボランティアとして」

なんと、即答で応えが返ってきた。――さすが、ギイ。

「相楽先輩ってスペイン語、話せたのか?」

不思議そうに章三が訊く。「先輩の大学の専攻科目って、建築じゃなかったか?」

相楽先輩の専攻科目を、なんで章三が知ってるんだ? その方がよっぽど不思議だぞ。

「話せるんだな、これが」

ギイは手摺りに頬杖をつくと、「それと、ビンセント・カマラたちが日本に滞在してた間の宿泊先が、先輩ん家が経営してる会社の系列ホテルだったんだよ」

と言った。

「経営って、相楽先輩の家って、金持ちなわけ?」

「かなりのね」

知らなかった。

「相楽先輩、てっきり庶民派かと思ってた」

「そういうところも伝説なわけさ」

親の後光を鼻にかけない、或《あ》る意味、努力の人だった。「先輩に頼まれて、オレもちょっと協力したりしてさ」

「なにを？」

「ボンボヤージュ基金ってのがあってさ、教育や福祉目的で旅客機を使う場合、その費用を提供してくれるシステムがあるんだよ。そこに、口を利いた」

「――それって、三洲くん、知ってるの？」

ギイが裏でこっそり協力してたなんて知ったら、不機嫌になるかも。

「さあな。先輩が話してたら知ってるだろうし、オレは三洲とはそんな話、してないし。だがまあ三洲のことだから、誰が話さなくても察してるかもな」

「その基金って、日本のじゃないんだよね？」

「うん、ＥＵ」

そうだよな、国内でそんな話、聞いたことないっていうか、教育や福祉目的なら飛行機代を出すよ、なんて粋《いき》な発想が、そもそも日本ぽくないっていうか。

「つまり三洲は、というか今期生徒会の面々は、あらゆる人脈や知恵を使って、アーティストの手配から、交通費や滞在費など諸々を安く上げる算段を苦心して、結果、予算内に収めたわけだよ」

「へえ、そうだったんだ」

三洲たちの苦労が、これでぼくや章三にも、多少なりとも偲《しの》ばれるというものだ。「今日の音楽鑑賞会、大成功だったから、これで苦労は報われたよねえ」

三洲の疲労も、少しは癒されるのではあるまいか。

ところで、相変わらず裏であれこれ暗躍、じゃない、密《ひそ》かに活躍しているんだなあ、ギイってば。

「でもギイ、いつの間に相楽先輩、スペイン語が話せるようになったんだ？」

ずっと黙っていた章三が、やはり釈然としないと顔に書き、ギイに訊いた。

「ああ、つまりな、順番としてはこうなんだよ。大学に晴れて合格したものの、ぬるま湯みたいな大学生活がつまらなくて仕方がなかった先輩は、前から興味のあったバルセロナのサグラダファミリアの建設工事のボランティアをやってみたくて、単身、つてもないのにスペインに行ったんだ。スペイン語なんて知らないし、行ってみたらバルセロナはカタローニャ語で、どっちみち言葉なんかちっともわからなかったけど、向こうでなんとか頑張って、建設のボランティアに参加させてもらえたのさ。で、苦心惨憺《さんたん》している間に、カタローニャ語とスペイン語と、話せるようになったというわけ」

「へえ」

章三は目を丸くして、「なんか、無謀なところが相変わらずだよなあ」

笑いながら納得する。

「でな、相楽先輩という人が、話好きというか、かなり連絡のマメな人で、オレにもよく国際電話をかけてよこしてたんだけど、三洲ともしょっちゅう話してて、スペインにこういうすごいアーティストがいてさ、なんて世間話が、結果的に、今回の音楽鑑賞会に発展したわけさ」

「なあるほど」

相槌《あいづち》を打ったのはぼくである。

そうなんだ、三洲と相楽先輩って、ずっと交流があったんだ。

『葉山サン、相楽先輩って知ってます？　——その人、アラタさんの憧れの人なんすよ』

あの時、どうして先輩の名前がいきなり出てきたのかナゾだったけど、三洲と相楽先輩の繋《つな》がりを知ってたんだ、真行寺。……可哀想に。

真行寺の切なさを思い、無意識に、ぼくは溜め息を吐いていた。

見送りを終えた学生たちが、三々五々、駐車場の団体バスへと移動を始める。

「——相楽先輩って、三洲くんと実はつきあってたり、する？」

章三に聞こえないよう、こっそりぼくが訊くと、ギイはわざとらしく目を見開いて、

「さあ？」

肩を竦めた。

二階にいたのはほとんどが三年生で、下級生たちよりもっとゆっくりなペースで、彼らは階下へ降りてゆく。

歩き始めた章三の後ろを、ぼくもゆっくり歩きだし、さり気なく隣に並んでくれたギイへ、

「さあって、なに?」

「知らないよ、そんなこと」

「なんで?」

ギイに知らないことなんて、あるわけない。

と、思っているのを読まれたか、苦笑したギイは、

「そもそもオレは、他人の恋路《こいじ》に口出ししない主義なんだよ」

そうでした。なんでかしょっちゅう巻き込まれたりしてるけど、ギイは他人の恋路に口出しするのを善しとしない人でした。

「じゃあ、相楽先輩って、実はギイのことが好きだったりする?」

「はい?」

「だってギイにも電話かけてきてたんだよね」

わざわざ、国際電話をさ。

「よしんばそうだとしてもだよ、託生、だったらどうだというんだよ」

「どうって……」

「相楽先輩がオレに惚れてたら、お前、オレを譲るのか?」

「え?」

つい、階段の途中で立ち止まったぼくは、「……そんなこと、できないよ」

ギイを譲るなんて、絶対、イヤだ。

「なら、関係ないじゃん」

俯くぼくの腕を、ギイが優しく引いてくれる。「先輩が誰を好きでも、それがオレでも」

「ギイ……」

「な?」

「……うん」

頷きつつ、でもなんとなく、またしても日本語に堪能なギイの『言葉のイリュージョン』にまんまと晦《くら》まされているのではないかと一抹《いちまつ》の疑いが心をよぎったが、きっと、間違いなくそうなのだろうが、「関係ないかな、ぼくには、うん」

腕を引く優しい手が心地良いから、よしとした。

ロビーでは、ぼくと違って、アーティストに同行している日本人が相楽先輩とすぐに気づいた三年生たちが、懐かしい再会に、先輩を幾重《いくえ》にも取り囲み、賑やかに盛り上がっていた。

――早くバスに戻りなさい。という先生方の注意を無視して。

人波の向こう、階段の途中にギイを見つけた相楽先輩が、

「おーい、崎！」

派手に手を振る。「久しぶり。噂には聞いてたが、そのストイックバージョンもかなりイイな、そそられるよ」

皆が心の中で思っていても、決して口にしないセリフを、堂々と言ってくださる。

苦笑したギイは、

「そんなこと言って、相楽先輩、また鼻血、出さないでくださいよ」

からかった。

え、なんのこと？

キョトンとするぼくに、前にいた章三が、ちょちょっと指先で手招いて、

「過去、そういうことがあったんだよ」

ちいさく耳打ちしてくれた。

「そういうこと？」

って、どういうこと？

「ギイがブレザーを脱いだ途端に、てーっとね」

「——なんでギイがブレザー脱ぐわけ？」

「誤解するなよ、葉山」

「してないだろ」

「目が怒ってるぞ」

「そっ、そんなこと、ないよ」

慌てて目をこすったぼくに、

「ギイの名誉のためにも付け加えておくと、その場に僕もいたから」

笑いを殺して、章三が続けた。「暑くなりかけた時期のことでさ、なんの用かは忘れたけど、僕たちの寮の部屋に生徒会長として相楽先輩が副会長同伴《どうはん》で訪ねてきてて、暑がりのギイがブレザーをひょっと脱いだら、そういうことに」

「……ふうん」

「先輩曰《いわ》く。それだけのことでも、崎がやるとドキリとするんだよ。だそうだ」

「ふうん」

「普通にブレザーを脱いだだけで、誘われたような錯覚《さっかく》を起こしてグラグラされたら、まあ、ギイにも迷惑っちゃ迷惑な話だよなあ」

章三は呑気《のんき》に笑うが、ぼくはそれどころではない。

「ウルサイな、俺は人より美意識が高いんだ。感受性が鋭いんだよ、崎」

照れたように反論する相楽先輩に、

「でも確かに、フェロモン出てるよ、ギイからは」

「見られただけでドキリとするもんな」

ここぞとばかりの、それでも、こっそりと、周囲の評。

確かにね、目に魔力があるというか、体のパーツのどこを取っても、どんな表情も、なにをしてても見惚れてしまうような、ギイは確かにそうだけど、ぼくも、ギイに見られただけでなにかが煽《あお》られる感じがして、情動というか、落ち着かなくなるけれど、それは、ぼくがギイに恋してるから、だけじゃなかったんだ。口にはしないけど、皆が密かに、感じてるんだ。

賑やかな集団から少し離れ、入り口付近で生徒会顧問の先生となにやら話していた三洲が、チラリとこちらの様子を窺った。

ぼくと目が合い、三洲はすぐに視線を外す。

気になるのは、ギイだろうか。それとも、相楽先輩だろうか。

準備や片付けの関係で、三洲や生徒会のメンバーは団体バスには乗らないで、タクシー移動となっていた。話が終わり、三洲は先生に一礼して、一礼した姿勢を直そうとしたその瞬間、ぐらりと頭が不自然に揺れた。

「あっ」

咄嗟に、昨日の貧血を思い出した。「三洲くんっ!!」

ぼくの大声に、皆の視線がぼくに集まり、次に三洲へと集中した。

一番早くに行動したのは、相楽先輩だった。膝《ひざ》から崩れ落ちる三洲を抱き止めて、肱《ひじ》の内側で頭を庇《かば》いながら、ゆっくりとそこへ横にする。

先輩は周囲を見回すと、

「誰か、中山先生知らないか」

と訊いた。

「校医なら、駐車場かも」

誰かの呟きに、

「すぐに呼び戻してくれ」

先輩が言うと、数人が外へダッシュした。

「大丈夫です」

起き上がろうとする三洲を、

「まあ、待てって」

額に大きな手のひらを当てて制すると、「しばらく目を閉じてろよ。ちゃんと支えてるから、力、抜いてていいからな」

意地っ張りな三洲が、言われた途端に全身から力を抜いた。もしくは、安心して、力が抜けたのかもしれない。

「……なあんか、イイ感じ？」

こっそりと、誰かが言う。

「奇《く》しくも今日は七夕だしな」

今夜、一年ぶりの再会を、天上で喜びあうであろう織《お》り姫《ひめ》と彦星《ひこぼし》。

高嶺《たかね》の花と伝説の男。釣り合うといえば、まさしくそうだ。

我らが自慢の生徒会長の異変に気づいてか、駐車場に向かってたはずの下級生までも、正面入り口の外に集まってきていた。――入り口の大きなガラスの向こうに、真行寺もいる。

心配そうにガラス越しに中を覗き込んでいた真行寺は、相楽先輩の介抱《かいほう》姿に口元をきゅっと結ぶと、踵を返した。

「……行っちゃうのか、真行寺くん」

真行寺とすれ違うように、中山先生が、常に携帯している診察カバンを手に、ロビーへと駆け込んできた。――三洲の同室者である葉山託生が中山先生から呼ばれていることに、しばらくぼくは、気づけなかった。

後片付けやら打ち上げやら、予定されてた諸々をもちろん三洲はキャンセルして、一足先にタクシーで学校へ戻り、職員宿舎の診察室を兼ねた中山先生の部屋で、一時間コースの点滴を受けていた。

付き添いは、同室者のぼくである。

顔色もかなり良くなって、点滴のせいか疲れのせいか、三洲はずっと、うとうとしていた。たまにうっすら目を開けて、ぼくを見ると、あれ？　と不思議そうな表情《かお》をする。いるはずの相楽先輩がいないから、それが違和感なのだろうか。

「三洲が倒れたのに、よく真行寺が騒がなかったなあ」

ベタ惚れしている三洲の一大事なのだ、ソッコー、駆けつけてくるものとばかり思われていたのに、

「相楽先輩のおかげで、ようやく真行寺も身の程を弁《わきま》えたのかも」

高嶺の花。追いかけても、真行寺ごときに三洲は手の届く存在ではないのだ。

無責任なからかいを、ぼくは実に不快な気分でやり過ごした。

ずっと不快で、今も不快だ。

「なんで真行寺くんじゃないんだよ」

なんでだよ、どうして無意識に相楽先輩を探すんだよ。

それと、三洲のことが好きで好きでたまらないのに、どうしてあっさり引き下がったりするんだよ、真行寺!

ドアに静かにノックがあり、ぼくは勢い、立ち上がった。

「真行寺くん!?」

勢いのままドアを開けて、廊下のギイにびっくりされた。「――なんだ」

「なんだはひどいだろ、託生」

軽く笑ったギイは、「ほら、差し入れ」

午後の授業を潰しての音楽鑑賞会は、終わって学校に戻ると夕飯の時間で、皆はとっくに食事を済ませていたのであった。

「学食のオバちゃんに頼んで特別に作ってもらった、豪華特製弁当だぞ」

見ると、袋の中に箱がふたつ。

「三洲くんの分も?」

「食べられる状態かどうかはわからなかったけど、ないよりいいだろ」

ギイが言う。「上の箱が託生ので、下のは三洲用。三洲の方のは、消化の良さそうなもの、詰めてくれてあるから」

「……ありがとう」

なんて気が利くんだろう、ギイってば。「ついでに飲み物が欲しかったな」

呟くと、軽く頭を小突かれた。

「贅沢《ぜいたく》言ってんじゃねーよ」

笑って、「三洲の様子はどうなんだ?」

ぼくの肩越しに室内を覗く。

「あ、うん」

そのことなんだけど。「ギイに相談したいことがあるんだ」

三洲に聞かれないようギイを廊下へ促して、ぼくも廊下へ出る。

「なに、託生?」

「あのさあ」

ぼくは今までの真行寺と三洲との経緯を手短に話して、「学食での別れ際の真行寺くんなんて、それはそれはなんだかもう、夏休みが明けて二学期が始まるまで会えないみたいな言い方でさあ」

おまけに、文化センターでは、ああである。

「オレ、他人の恋路には口出ししない主義だって、ついさっきも言わなかったか?」

呆れ顔のギイに、

「そうは言うけどね、ギイ」

「三洲が誰を好きでも、それこそ三洲の自由じゃないか」

「そりゃそうだけど」

「真行寺に肩入れしたくなる託生の気持ちはわからないでもないけどな、下手に介入しない方が良いんだよ、こういうことは」

「でもギイ」

「わからずや」

怒ったふりをしたギイは、「知らないぞ、余計なことしてオレがもっと三洲に嫌われたら、ぜーんぶ託生のせいだからな」

言いながら、ぼくへ顔を近づける。

人影のまるきりない、職員宿舎の廊下。

ちいさなキスを何度も重ねて、

「そうなったら責任取れよ」

睨むギイに、

「うん」

ちゃんとはっきり頷いたのに、ギイは胡散臭《うさんくさ》げにぼくを眺めて、肩を竦めた。

点滴のおかげか差し入れの豪華特製弁当のおかげか、はたまたぼくの献身的(?)な看病の賜物《たまもの》か、三洲はかなり体調を戻し、相変わらずの多忙生活にも、戻っていた。

しばらくはのんびりペースがいいのではないだろうかと進言したぼくに、

「文化祭と体育祭の後に、後期生徒会の選挙があるだろ。それの準備もあるんだよ」

の三洲の説明に、ぼくはびっくり。

「生徒会選挙なんて、そんな先のこと、もう準備するんだ?」

「夏休みの一ヵ月半は実質期間がないようなものだからね、選挙まで二ヵ月切ってることになるんだよ。九月の頭には各クラスの候補者が出揃ってないと、中旬の予備選、下旬の本選挙とに間に合わないからな、夏休み前に動かないと、どうにもならない」

そう説明されると、のんびりしているわけにはいかないことがよくわかる。

「大変なんだね、生徒会長って」

改めてぼくが言うと、

「おかげで段取りの達人になれそうだよ」

三洲が笑った。

いや、もうなってるよ、達人に。

金曜日の放課後、行き先は別々だが、ぼくたちは一緒に教室を出た。

「じゃあ三洲くん、これ、図書室に戻しておくね」

ぼくが本を示すと、

「悪いな葉山、ついでに頼んだりして」

「いいよ、これくらい」

三洲がなかなか読み進めずにいた図書室の本が、気づくともう返却日で、ぼくも借りてた本があったので、二冊まとめて返却することにしたのである。

「でも三洲くん、本当に、借り直さなくていいのかい？」

読みかけの本が途中のままだと、妙に気になったりするのになあ。

「やめておくよ。ちょっと時間が取れそうにない」

そういえば、例の少年チャンプすら、まだ袋に入ったままだ。——どうしてるんだろう、真行寺。

階段に差しかかった時、上からたくさんの部活の荷物を背負った真行寺が、偶然、急ぎ足で降りてきた。

「あ——」

真行寺は立ち止まり、ぼくと三洲へ、笑顔を作ると、「こんにちは」

ペコリと挨拶して、行こうとする。

「真行寺」

呼び止めたのは、三洲だった。

階段を降りかけた真行寺は、片足を下ろしたまま振り返ると、

「なんすか、アラタさん」

三洲はチラリとぼくを見て、ぼくがここにいることで一瞬、躊躇《ためら》ったが、けれど、

「この前お前が言ってた約束のことな、帰省するの、一日延ばすことになったから、終業式の翌日なら、時間があるから」

と、言った。

三洲くん！

ぼくは、嬉しくなってしまう。

だが真行寺は困ったように視線を落とすと、

「や、いいっすよアラタさん。そんな、無理させるつもりじゃなかったすから。気、遣わないでください」

もう一度、軽く頭を下げると、瞬《また》く間に階段を降りて行ってしまった。

三洲は細く息を吐くと、無意識に、胃の辺りを手のひらで押さえた。

「具合、良くない？」

ぼくが訊くと、初めて気づいたように、手を外し、

「いや、そんなことはないよ、葉山」

ぼくに笑って見せる。

それじゃあ、と、生徒会室に向かう三洲の背中を、ついぼくは、ずっと見送ってしまった。

『ねえ葉山サン、忙しいって便利な言葉だなあって思ったこと、ないすか？』

あれは、三洲とのなにを指しての、発言だったんだろうか。

結局、真行寺は、三洲が倒れた日も、翌日も、そして今日も、偶然に会ったことを除いて、一度も三洲の前へ姿を現さなかった。——温室にも、現れなかった。

真行寺は、三洲を一方的に好きなのは真行寺で、実際にはカラダだけの関係だと言うけれど、

本当に真行寺がそうと割り切っているならば、どうしてせっかくの三洲の誘いを断ったりするんだろう。どうしてあんな、諦めたような眼差しで、三洲のことを見るんだろう。

それとも、本当に諦めてしまうつもりなんだろうか、三洲のことを。いや、既《すで》に、諦めてしまったんだろうか、相楽先輩とのことで。

それは、やだな。

個人的に、相楽先輩は嫌いじゃないが、むしろ、好感を持ってはいるが、それとこれとは別問題だ。

「もう、頼むから、早くどうにかしてよ、ギイ」


虎視眈々《こしたんたん》と狙っていた成果か、その夜、学食で、ぼくはやっと真行寺を摑まえることができた。――三洲といると、いつもどこからともなく真行寺がわいていたので、彼を摑まえるのがこんなに難しいとは思わなかった。

「そりゃ葉山サン、実はライフスタイル、けっこう違いますし」

苦笑する真行寺に、

「そうらしいね」

ぼくは頷く。

「そんなにしっかりベルト摑んでなくても、俺、どこも逃げたりしないっすよ」

「とにかく、訊きたいことがあるんだよ、真行寺くん」

ぼくは学食から寮の談話室まで、真行寺を引っ張ってゆく。

と、公衆電話のボックスのひとつに、三洲がいた。

咄嗟に真行寺を見ると、真行寺もぼくを見下ろしている。

「なんすか、葉山サン」

「いや、別に」

そういえば、さっき三洲に電話の呼び出し、かかってたたな。

受話器を握る、にこやかな三洲の横顔。

真行寺は立ち止まったままのぼくを、さっきとは反対だが、談話室の中へと引っ張って、

「訊きたいことって、なんすか？」

隅《すみ》の椅子へ、腰を下ろした。

隣の椅子にぼくも座ると、

「変だよ、最近の真行寺くん」

単刀直入に言う。

「変って、どこがっすか？」

真行寺は意外そうだ。

「どこって、全部」

「そんなことないと、思います」

「だって、三洲くんの見舞いにも来なかったじゃないか」

「具合が悪いのに俺なんかが顔を出したら、また激怒されて、アラタさんの血圧、反対に上がっちゃいますよ」

あ、貧血なんだから、却っていいんすかね。と、笑う真行寺は、「それにアラタさん、別に俺が見舞ったところで喜ばないし」

「そんなことないよ」

「いっつも優しいっすよね、葉山サンって」

「そういう話をしてるんじゃないだろ」

「だって、お世辞とかじゃなくて、そんなことないって、いつもホンキで言ってくれるじゃないっすか」

「それはね――」

「電話の相手って、きっと相楽先輩っすよね」

「え？　──あ」

かもしれない。と、ぼくもさっき三洲の横顔を見て、そう思った。

「お見舞いの電話ってところかなあ」

「……かな、わかんないけど」

「音楽鑑賞会の準備もあってアラタさん、ここんとこよく相楽先輩と電話で話してたっすよ」

「うん。らしいね」

「すっげ忙しくなって、俺にホンキで素っ気ない時でも、相楽先輩とは、あんなふうに喋ってたっすよ」

「──そうなんだ」

「比べるとか、そういうの、違うんだろうなあって思うんすけど、ほら、元々、俺と相楽先輩、立ち位置が違うから、そうは思うんすけど、でも……」

「諦めちゃうんだ、三洲くんのこと」

「諦めるとか、そういうんじゃないっすよ」

ちいさく笑った真行寺は、「相楽先輩だと、ちゃんと安心できるっすよね、アラタさんって。俺とじゃ、そうはいかないっすもん。すっげ大変な時に、俺、アラタさんの邪魔にしかなんないっすから。支えにもならないし、そもそも、俺の前じゃあんなふうに笑わないっすよ、アラタさん。ただの一度も」

「でも真行寺くん、せっかく三洲くんが約束の買い物、一緒にって誘ってくれたんだから、そうすればいいのに」

「だってアラタさんのことだから、あの人、素っ気ないけど責任感が強いって言うか、俺がどうとかじゃなくて、約束守らないと、きっと自分でイヤなんだと思うんすよ、多分。帰省、一日遅らせて、なんて、それだけのためにそんなことする必要ないっすよね」

「そうかなあ、それだけ真行寺くんとの約束に価値というか、意味があるってことなんじゃないのかなあ」

「それに終業式の翌日って、その日から剣道部の練習、一日体制になっちゃうし、どうせ時間作れないっすから」

「……あ、そうなんだ」

「俺だってアラタさんの邪魔なんか、したくないっすよ」

「三洲くんのこと、好きだから？」

「そうっすよ」

……そうなのか。

「好きなのに、せっかくのデート、断っちゃうんだ」

「デートなんかじゃないっすよ、葉山サン」

真行寺は椅子から立ち上がると、「そいじゃ、おやすみなさいです」

──そうなのか？

「なら、ぼくとデートしようよ、真行寺くん」

「はい？」

「日曜日、午後からなら空いてるんだよね！」

「あ、空いてます、けど」

「じゃ、決まり。ぼくが見立てるよ、きみの洋服」

「はあ」

「なんだよ、義理にでも、少しは嬉しそうな顔しろよ」

「や、その……」

言い淀《よど》む真行寺の視線の先に、憮然《ぶぜん》とした表情で、ギイが立っていた。

ということで、日曜日、ぼくは部活を終えた真行寺と、ふたりで街まで出掛けて行った。

「ギイ先輩との待ち合わせって、一時でしたっけ？」

「うん」

ギイも友人たちと街に出掛けているので、昼食を一緒にと、約束していたのである。「川沿いのカフェって、あそこのことかなあ」

渡された地図を頼《たよ》りに、降りたバス停から歩くこと、五分ほど。

「あっ、そうみたいっすよ、葉山サン」

店の入り口に、数人の人影。

「リバーサイドテラスって、なんか、まんまな店名っすね」

笑う真行寺に、ぼくも頷いた。

「でも、知らなかったな、市内にこんな店があるなんて」

横に細長い、ちいさな美術館のような、白くて洒落《しゃれ》た建物だった。

日曜日でもランチがあって、ランチがあるのに予約ができて、味も旨《うま》くて量もほどほどにあり、なにより祠堂学生の出没率がゼロである。というのが、今回のギイの最大のお勧めポイントなのであった。——という店を知っている祠堂学生であるギイは、どこから情報収集しているのやら。

「迷わずに来れたようだな」

笑顔で迎えてくれたギイに、

「こんにちは」

真行寺は恐縮の笑みを返した。

ギイの向こう、入り口に置かれたメニューを熱心に眺めているのは章三と八津。このメンツだと、午前は映画コースだったかな。

「さて。全員揃ったところで、中に入るか」

促すギイに、

「先に入って、お茶でもしながら待っててくれて良かったのに」

万が一、ひどく遅れて待たせることになったとしても、「その方が、気が楽だったのにな」

ぼくが言うと、

「まあまあ」

ギイは意味不明に笑って、出迎えのウエイトレスに名前と人数を告げた。

ランチタイムで賑わう店内、予約していたおかげで通されたのは、眺めの良いリバーサイドのテラス席（真行寺の店名まんま発言、まさしくまんまの席）だった。

席に座ろうとして、真行寺がいきなり固まる。

見ると、ここからひとつ向こうの席に、やはり呆然とした表情でぼくたちを見ている相楽先輩と三洲がいた。

「あ、こんにちは」

にこやかに挨拶するギイへ、

「おい、崎」

気色ばんだ相楽先輩がガタリと椅子から立ち上がり、「なんだよ、これは」

と、ギイに詰め寄る。

真行寺は真行寺で、三洲と相楽先輩のツーショットを目の当たりにして、固まったまま、微動だにしない。

「せっかくお前に、うちの学生が使わない店をわざわざ教えてもらったのに、なんだって当の崎がここに来るんだよ」

しかも、ひとりならまだしも、こんなにぞろぞろ引き連れて。

「皆で昼食を摂るのに、どこも混んでて」

ケロリと応えたギイは、「済みません、お邪魔して」

これっぽっちも悪びれずに、謝った。

「お前なあ……」

ああ、そうか、相楽先輩との先約があったから、日曜日は駄目だったんだ。——ということは、つまり、三洲と相楽先輩って、うそっ、相思相愛!?

「なにが済みませんだ、しらじらしいな。しっかり席を予約していて、それはないだろ」

「え？ 予約してたってわかりますか？」

「してなくて、その席が取れるかよ」

「ははは」

笑ったギイは、「オレたちのことはお気遣いなく」

言って、椅子を引いて腰を下ろす。

「気遣いやしないが、おい、崎」

「あ、あれ、運ばれて来るの、先輩たちの食事じゃないですか」

ギイのセリフに、相楽先輩は急いで自分たちのテーブルへ戻った。

ぼくも八津も、章三も、椅子に座り、揃ってギイへと顔を突き出し、

「どういうことだよ、ギイ」

申し合わせたように、小声で質問する。——固まったままの真行寺だけ、椅子にも座らず、疑問を口にもしなかった。

やがて、

「……あの、葉山サン」

消えそうな小声で、真行寺がぼくにそっと尋ねる。「俺、ここで失礼してもいいっすか？」

「え？　どうして」

食事の後で、服を見に行く予定なのに。

「お待たせいたしました」

皿を運び終えたウエイトレスが立ち去っても、三洲は食事に手をつけない。

「どうした、三洲？」

心配そうに、相楽先輩が三洲に訊く。「まだ具合が悪いのか？　なら、無理して食べなくてもいいからな」

「葉山サン、それにギイ先輩も、せっかく誘ってもらったのに、済ンません」

ペコリと頭を下げた真行寺と、ふと、相楽先輩の目が合った。

「あれえ？」

相楽先輩が懐かしそうな表情をする。「もしかして、百三十五番の真行寺くん？」

「あ……」

真行寺はまたペコリと、今度は相楽先輩へ頭を下げて、「あの時はごちそうさまでした」

挨拶した。

「いやいや、どういたしまして」

きさくに笑った先輩は、「で、あの後、結局なにをごちそうしたんだ？」

三洲に訊く。

「さあ、もう忘れました」

笑顔を作りながらもセリフは素っ気ない三洲の代わりに、

「て、天ぷらソバですっ」

真行寺が応えた。

「へえ。——あれ、じゃあ渡した金額じゃ、足りなかっただろ、三洲？」

ポケットに入っていた小銭だから、たいした額じゃなかったはずだ。

「もう覚えていません、そんなこと」

「そんなこと、かあ」

記憶力抜群の三洲が、覚えてないわけないのにな。「そうなんだ、天ぷらソバ、好物なんだ
真行寺くん？」

「えっ？　あ、はい」

なんでわかったんだろう、と、顔に書いて、真行寺が頷く。

「黙ってそういうことするからなあ、三洲は」

テーブルに肱をついて、慈《いつく》しむように三洲を眺めた先輩は、「泣いてた真行寺くんを慰めるのに、奮発しただろ」

と言った。

泣いてた？　真行寺が？　慰めるって、なに？

初耳オンパレードで、ぼくには、なにがなんだか。

「そんな昔の話、もういいじゃないですか、相楽先輩」

「まーたまた、照れなくてもいいのになあ」

三洲の頭をくしゃくしゃっといじって、相楽先輩はにこにこ笑う。

「子供扱いするようなその癖、どうにかしてください」

髪を直しながら、三洲が言う。ほんの少し、頬を赤らめて。

彼らがやりとりしている間にこちらのテーブルに戻って来た真行寺は、ギイやぼくたちに、もう一度ペコリと頭を下げると、

「それじゃ、失礼します」

遠くから相楽先輩たちにも一礼して、背中を向けた。

「ちょ、真行寺くんっ」

このまま帰るなんて、そんなの良くないよ。

真行寺を引き留めようと椅子から立ち上がりかけたぼくを、ギイが止めた。

「待てよ真行寺！」

ぼくたちのテーブルの脇を抜けて、三洲が真行寺の腕を強く摑んだ。

摑まれた腕を反射的にふりほどいた真行寺は、相手が三洲とわかって、一瞬、凍ったような表情になったが、そのまま行ってしまおうとする。

「待てと言ってるのが聞こえないのか、真行寺」

常に柔和《にゅうわ》な三洲の、らしくない厳しい口調に、八津が驚いて目を丸くした。

「お前は俺の所有物だろ。なのにどうして、言うことを聞かない」

そのセリフには、さすがに、居合わせた全ての人がギョッとした。

どういうことだ？　と、相楽先輩がギイを見る。

だが一番驚いていたのは、言われた当の真行寺だ。

三洲は啞然としている真行寺の腕を強く引くと、

「待てと言ったら待っていろ。ここにいろと言ったら、ここにいろ」

ぼくの隣の空いてる椅子に座らせて、「俺がいいと言うまで帰るなよ」

自分の席に戻って行った。

「……すげ」

ボソリと章三が呟く。

「なんだい、今の」

驚いたままの八津の問いに、

「単なるフツーの痴話ゲンカ」

とぼけた顔してギイが応えた。


昼食の後、なぜか七人の団体行動になってしまった。

三洲と相楽先輩にも午後から予定があっただろうに、三洲は頑《がん》として真行寺の洋服選びをしようとするし、相楽先輩もそれに対してクレームをつけるでなく、ギイと世間話に花を咲かせつつ、のんびりつきあいムードである。——もしかして、ふたりはデートしてたわけじゃなかったのだろうか。ぼくが勘違いしてただけで、でも、ふたりきりのところを邪魔されて、確かに最初は相楽先輩、迷惑そうな表情したよな。

うーん。

「見事に不機嫌そうな表情だね」

半ば感心したように、八津が言った。「あんな三洲、初めて見るよ」

「あんなに露骨に不機嫌で、なのに洋服選びをやめないなんて、三洲ってつくづく屈折《くっせつ》してるよなあ」

真行寺に対して容赦のない三洲の本性を既に知ってる章三は、奥の深い感想を述べる。

それもそうだが、ぼくの懸念《けねん》はただひとつ。——真行寺は、果たしてあれで、しあわせなのか？

「こんなはずじゃなかったのになあ……」

どうせ選んでもらうなら、もっと楽しく、和やかに、「あれじゃあ一種の拷問《ごうもん》だよ」

こんなことになった元凶のギイをこっそり睨んでみるものの、ギイは相楽先輩と和気あいあいで、ぼくの視線には気づいてもくれない。

これで真行寺と三洲との溝《みぞ》が更に深くなってしまったら、ぼくはいったいどうすればいいんだーっ！——って、や、ぼくなんかが、別にどうもしなくていいんだけれども。

三洲は、お値段やや高めのこ洒落《じゃれ》たブティックに入ると、通りすがりにラックからハンガーをぱぱぱと外して、

「ほら」

ろくにデザインもサイズも見ずに真行寺へ渡した。

渡された真行寺は不安げに、だが文句は言わずにそれらを素直に受け取って、にこやかな店員に案内されるまま、奥の試着室へ入ってゆく。

「あれでちゃんと選んでるのか、三洲？」

章三が疑問を呈《てい》すると、

「とてもそうは、見えないね」

同情めいて、八津が言う。

三洲の誠意が疑われるのも無理はないが、ぼくは、ぼくだけは、信じていたい。

相楽先輩がトイレへ行ったのを機に、ギイがぼくたちの方に来た。

「ヤケクソなのかな、三洲くんってば」

ぼくが言うと、ギイは笑って、

「そんなことないさ」

試着室の様子をそれとなく窺《うかが》っている、三洲の背中を見遣《みや》った。「適当にピックアップしてるようでも、ちゃんとアイテムは合ってたじゃないか」

シャツとパンツの、それぞれテイスト違いの二種類の組み合わせで。

「それにここ、ワンサイズ展開のブティックだからな、真行寺のサイズときっとどれも合うんだよ」

そういうこと、ちゃんとわかってるんじゃないのか、三洲は。

「ギイ……」

良かった。三洲の誠意を信じてる人が、ここにもいた。

「それにしても、相楽先輩と三洲の組み合わせには、驚いたな」

八津がギイに言う。

「でも、つきあってるようには見えないよな」

章三のセリフに、ぼくは驚く。

「えっ、見えない？　どの辺が？」

嬉しそうにぼくが訊くと、

「なんとなく」

章三は意味深に笑い、「葉山のは、バレバレだけどな」

余計なことを言ってくださる。

「ヤケクソじゃないとしても、さっきの三洲、切れてたよね」

八津がレストランでの三洲を思い出しながら、呟いた。

「これがまた、それは静かに切れたよなあ」

章三も、思い出して苦笑する。

そんなところが三洲らしいといえば、そうだけど、

「一見、冷静な口調だからな。でも切れてでもいなきゃ、人目も気にせず、あんなこと、言わないもんな」

ギイが続ける。

装うことに長《た》けてる三洲が、周囲が動揺するような、あんな、他人を所有物扱いする品性を疑われそうな問題発言を、普通だったらするわけがない。

「三洲って、つまり真行寺に対してだけは、切れるんだ」

ふうん。と、八津が納得した。

「へえ、なんだ、そういうことか」

章三も、納得する。

「気の毒だよなあ、相楽先輩」

ギイが腕を組んだ。「音楽鑑賞会の準備に協力したお礼に、とかこじつけて、やっと三洲とのデートまで漕《こ》ぎ着けたのに、とっくに手遅れなんだもんなあ」

「えっ、なに、ギイ」

それじゃあ、「相楽先輩って、三洲くんのことが好きだったわけ？」

ギイに鼻血を出したのに？

「特別好きだったというよりも、ずうっと三洲はお気に入りの後輩でさ、なにかにつけて、やたらと『三洲は可愛いなあ』を連発してたけど、当時は特に他意はなかったんだそうだ。自覚したのは、卒業してかららしい」

「在校当時は相楽先輩、ギイに惚れてたんだもんな」

章三の横槍《よこやり》に、ギイがジロリと章三を睨んだ。

——やっぱり！

「おい、章三」

「ふられっぱなしだったけどな」

章三がぼくへと、ニヤリとする。

ぼくはギイを咄嗟に見る。……ぼくがいたから？

「たいてい皆、一度はギイを好きになるよね」

そこへ、ポロリと八津が言った。

「え、八津くんも？」

ぼくが訊くと、

「いや、一般論だよ」

八津が微笑んだ。——そうだよね、八津くんは、違うよね。

「ギイ、異様に男にもモテるから」

「嬉しくないからな、章三」

ギイが窘《たしな》めたところへ、複雑な表情をした相楽先輩がトイレから戻って来た。

「――どうしたんですか、先輩？」

急に具合でも悪くなったのかとギイが訊くと、

「ああ、その――」

先輩は言い淀み、「三洲が、試着室に入ってくのが見えたから。……中で、着替えてるんだよな、真行寺くんが」

見回すと、店内のどこにも、三洲の姿はなかった。


着ていたTシャツをばっと脱ぎかけた真行寺は、

「わっ、アラタさん！」

びっくりして、慌ててTシャツを下へ戻した。

「そんなに驚くことはないだろう、真行寺」

冷ややかな眼差しで、三洲が言う。

「なっ、なんの用っすか、アラタさんっ」

試着室にいきなり入って来られたら、そりゃ、誰でも驚くだろう。

「様子がどんなか、見に来たんだよ。俺に気にせず、着替えればいいだろ」

「あ、はあ」

先にパンツを穿《は》き替えていて良かったと、真行寺は内心、マジにホッとしていた。

三洲にじっと見られながら、Tシャツを脱いで、三洲が選んだ半袖のシャツを着る。

「へえ、似合うじゃないか」

ボタンを留めてる途中で、三洲が言った。言われて鏡を見ると、なるほど、我ながら、満更《まんざら》でもない。

ボタンを上まで留めたものの、首の後ろに値札が当たって、襟《えり》の形がまとまらない。

「ほら、真行寺」

手招きされて、三洲の肩へ頭を落とすと、真行寺の後ろへ腕を回した三洲が、値札を抜いて、綺麗に襟を直してくれた。

「これでよし、と」

けれど襟を直した三洲の指は、そのまま真行寺の首にある。

「……アラタさん?」

「お前、俺を捨てる気だったのか」

「は?」

まっすぐ瞳を見つめられて、真行寺の鼓動が忙しなくなる。

「今に始まったことじゃないが、葉山サン葉山サンって、なんだ、あれ。やけに懐いて、俺の誘いは断ったくせに、葉山とは出掛けるんだな、真行寺」

「それは、あの」

「どういうつもりなんだ、真行寺」

「どうって、あの」

「そもそもな、主人が具合の悪い時に側《そば》にいない飼い犬なんて、飼い犬失格だぞ。一度も見舞いに来ないとは、どういう了見なんだ、お前」

「それは、……あ、ごめんなさいっす」

「俺を捨てようなんてな、そんな権利、お前にはないんだよ。わかってるのか」

「――アラタさん」

三洲の背中へ腕を回すと、三洲はゆっくり、腕の中へ収まった。

「真行寺、退学になんか、なりたくないだろ?」

「なりたくないです」

アラタさんの側に、いられなくなる。

「このシャツ、肌触りがいいな」

唐突に、話題が変わった。「真行寺、これにしろ」

「――はい？」

「これ着て、夏休み、俺とデートしろ」

「え……？」

「なんだ、不服か？」

「やっ、そんな、滅相《めっそう》もないっす」

「そうか」

三洲が微笑む。――それだけで、真行寺まで安堵《あんど》する。

誰の懸念や心配を受けるまでもなく、三洲のことを捨てるつもりも諦める気も、さらさらなかった。三洲の迷惑になるようなことはしたくなかったから、だから距離を置いたけど、三洲から離れたかったわけじゃない。強くなると決めたから。三洲が誰を好きでも、真行寺がずっと三洲を好きなことに変わりはないから。

「好きです、アラタさん」

想いを込めて囁くと、

「真行寺……」

首の後ろを柔らかく引かれ、引かれるまま真行寺は、軽く目を閉じた三洲の口唇へ、そっと、何度も、キスを重ねた。


「三洲に恋人はいないって言ってなかったか、崎」

ぼそっと相楽先輩が言う。

「オレじゃなくて、そう自己申告してるんです、当の三洲が」

ちいさくギイが応えた。

「なら、真行寺くんってのは三洲のなんなんだ？」

「さあ？　それはオレたちにもわかりません」

所有物でカラダだけの関係で、だが結局、三洲は真行寺を独占したくてたまらないのだから、こうなると、呼び方なんてどうでもいいんじゃないかという気になってくる。

時間になり、アナウンスと共にホームへ電車が滑り込んで来た。

「相楽先輩、この度は、本当にお世話になり、ありがとうございました」

生徒会長の表情で、三洲が頭を下げる。

曖昧に微笑んだ相楽先輩は、けれど、

「こちらこそ、おかげで色んな経験ができて楽しかったよ。またなにかあったら協力するから、その時も遠慮《えんりょ》なく声をかけてくれよな」

握手を求め、三洲に手を差し出した。

その手を握り返した三洲へ、

「たまには電話しても、いいのかな」

遠慮がちに、先輩が訊く。

「スペインに戻られるんですよね？　国際電話ですか？」

「三洲さえイヤじゃなかったら、だけどな」

「なら、また向こうでの面白い話があったら、是非、聞かせてください」

完璧なまでの柔和な笑顔で応じた三洲に、三洲の不機嫌な表情がいかに貴重なものなのかを実感する。――あんな表情、俺のためには先ずしてくれないんだろうな。

相楽先輩を乗せた列車がちいさくなるまで見送って、ぼくたち六人は駅の外へ出て、そのまま祠堂へ戻るバス停まで歩く。

その道々、さり気なくギイの側に寄った三洲が、

「一応、礼は言っとくから」

ギイを見上げた。

「礼？」

不思議そうに訊き返すギイへ、

「意味がわからないなら、それでもいい。崎には貸しが幾《いく》つもあるからな、一度くらい礼を言ったところで、どうということはない」

「それは、そうだな」

「ありがとう、崎」

言うと、三洲はギイの脇《わき》を擦《す》り抜けて、章三や八津と一緒に前を歩く、ブティックの大判の箱を手に提げた真行寺の隣に並んだ。

「今のって、なんのお礼？」

ぼくが訊くと、

「さあな」

ギイは笑って、首を傾げる。「でもまあこれで、少なくとも、更に三洲に嫌われることだけは免《まぬが》れたようだな、なあ託生？」

「あ、じゃあ、職員宿舎の廊下での約束を、ギイ、果たしてくれたんだ」

「オレ的にはね」

それがあの、バッティング？

「なら、ぼくからもお礼を言わなきゃ」

嵐の後で、平穏《へいおん》が訪れた。

「託生からは、お礼の言葉より他に、もらいたいものがあるんだけどな」

三洲は当然のように、今、真行寺の隣にいる。

「なに、それ？」

「……寮に戻ってから、どこかで会おう」

こっそり言われて、ぼくは耳まで赤くなった。――もう外が日暮れていて、良かったよ。

ちいさく頷くぼくにふわりと笑うと、

「結果的にはさ、真行寺が三洲へ与えたいと思っているものと、三洲が真行寺に求めているものとにズレがあっただけで、でも、そこにズレが生じたからって、互いの存在感を求める気持ちに変わりはなかったというわけだよな」

「うん」

「とはいえ、これから先も、三洲は真行寺のことを恋人とは認めないんだろうなあ」

「認めないのかな、三洲くん」

「一筋縄にはいかないだろ」

なんたって、「天下無敵の屈折率だからな」

笑ったギイに、

「そうでした」

ぼくも笑った。


バス停から校門までの桜並木を、他の人達からずーっと遅れて、ゆっくり歩く。

「アラタさん」

呼ぶと、隣の三洲が顔を上げた。「俺、前から気になってたんすけど」

「ん、なにが？」

「アラタさん、一度も俺に訊いたことなかったすよね」

知り合ってかれこれ一年半は経つけれど、一度も訊かれたことがない。

「だから、なにをだ？」

雪景色のベンチで泣いてた真行寺を見て、三洲は不思議そうな顔をした。

「入試の時に俺が泣いてた理由、まだ訊かれたことないっすよね」

「――ああ」

なんだ、そんなことか。

「訊かないのって、俺に興味がないからっすよね？」

「真行寺が泣いてようと笑ってようと、俺には関係ないからな」

「やっぱ、そうか」

「な、わけないだろ」

え？

「違うよ、そうじゃない」

訊かないのは、そんな理由だからじゃない。

「なら、なんでっすか？」

「さあな、なんでだろうな」

曖昧に笑った三洲に、真行寺は口を噤《つぐ》んだ。

無事に祠堂に合格して、学校に着いて割り当てられた寮の部屋へ荷物を置いてから、すぐに真行寺は三洲を探した。探して、見つけて、入学の報告をして、もう一度お礼を言って、もう一度告白した。

あの時、約束したとおり、三洲は名前を教えてくれた。

「アラタさん」

恋情と欲望に満ちた真行寺を、なぜか三洲は受け入れてくれた。

「……アラタさん」

恋心は募るばかりで、きっともう、どうしようもない。

「なあ真行寺」

三洲の手が、真行寺の腕に絡《から》む。「一度しか言わないから、よく聞けよ」

「はい、なんすか」

「あまり葉山に懐くなよ、妬《や》けるから」

「は……?」

え？

三洲はぽんと真行寺の腕を放し、

「わかったか」

と、睨みつけて訊く。

「……わかりました」

頷きつつ、真行寺は、頬が弛んで仕方がなかった。

恋心は、募るばかりで、きっともう、どうしようもない。

「好きです、アラタさん！」

「ウルサイな、調子に乗るな、真行寺」

煩《わずら》わしげにじゃれつく真行寺をあしらう三洲は、「飼い犬は飼い犬らしく、おとなしく主人の後ろからついてくればいいんだよ」

憮然と言って、意地悪く微笑んだ。

ごあいさつ

例年より一カ月ほど早くお目にかかることとなりました。こんにちは、ごとうしのぶです。この季節になると、こんなふうにしみじみっと寒くなると、数年前の文庫のごあいさつに書いたスープのことを思い出します。ありがたいことに、わざわざ編集部宛《あ》てに送ってくださった方がいらっしゃいまして。でもごとうはいただいた当時、ちょっとタイミング的にイロイロありまして、お心遣《づか》い、すごく嬉しかったんですが、そうとお礼を伝え損ねて、もう数年。今更どうすればいいのだーっ。と、思いつつ、いつもはやらないんですけれどこの場を借りて。

「その節は、どうもありがとうございました。おいしい上に、あったかくて（や、スープだから当然カモ、ですが）気持ちも体もホカホカになりましたです」

と、お伝えさせていただきたいです。や、どなたとは、さすがにお名前までは出せませんが、すみません。

そんなこんなで、相変わらずふがいないごとうではありますが、今回は、七月話の『Ｐｕｒ

e』と、このごあいさつを挟みまして、CIELで掲載されました五月ゴールデンウィーク話『ROSA』の、二本を送らせていただきますです。

あ、念の為に、ですけれど、今年の夏、CDブック『夢の後先《あとさき》』を雑誌のCIELを通して申し込んでくださった方への特典として『夢の途中』という短編を書いたのですが、それは今回、この文庫には収録されておりません。

さてさて、いつまでも彼らのカレンダーが四月あたりでウロウロしているのもどうかなあ、と思いまして、ひょんひょん飛んで七月です。

聞くところによりますと、なあんと来年の十二月は、このルビー文庫の十年目のアニバーサリーだそうで、おめでたいですね。タクミくんは、最初はスニーカー文庫というレーベルから出ておりまして、途中でルビー文庫が創設され、あわせてそちらに移動したんですが、なのでルビー文庫に関してはレーベルが生まれた時からずっと一緒なので、過ぎた月日を振り返るに感慨《かんがい》もひとしおであります。

来年の年末恒例のタクミくんは、真冬だけど真夏のお話になるのかなあ。今回が七月ですから、それっぽいですねえ。

十年一昔、とか言いますけれど、十年がひとつの時代のくくりでもあるわけで、この節目を機に、また皆さんと一緒にぴょんとステップアップしたいものです。

はふぅ。

担当のK美ちゃんから、今回のごあいさつスペースは五枚で、と、言われた時に、ごとうは正直、くらくらしましたですよ。

なにを書けば五枚になるんだよおおおお。

昔、昔、同人誌をやっていた頃も、フリートークとかあとがきとかのスペースがオソロシクて、ですね、避《さ》けて通るか、短く誤魔化《ごまか》すか、なんか、あれこれ毎回苦労したものでございました。フィクションなら原稿用紙に何枚も書けるのに自分のことをフランクに喋るようなこういうスペースや、あとっ、雑誌の近況コメント！　あれ、困りますよねぇ。たった数十文字なのに、毎回それはそれは困っているのでございます。——まあね、人間、誰にでも苦手なものってありますものね。ふう。

とか、ちょっとグチっぽくなっちゃいましたが、とはいえ、今回も担当のK美ちゃんには苦労の連続で、大変申し訳なく、あーんど、とっても感謝しております。いつも枚数をねぎる、作家の風上にもおけないごとうで、申し訳ありません。

それから、CIELでのマンガ連載や、小説のイラスト等と、今年も目一杯、お世話になりました、おおや和美サマ。ありがとうございました。来年はタクミくんのコミックスだけでなくスクールカレンダーも出るそうで、またまたお世話になりますです。よろしくお願いいたします。

最後に、今年も一年おつきあいいただき、皆様、ありがとうございました。どんなお話だと喜んでいただけるのかなあ、と、いつもいつも頭を捻《ひね》りつつ物語を作っているのですが、やはりそんな時に頼りになるのが、いただく感想のお手紙やメールでして、手元に届いたものは時期はマチマチでも、間違いなく、必ず目を通させていただいておりますので、今回もよろしければ感想を、ごとうにもお知らせください。

あ。

前回のごあいさつに、できれば来年は文庫を二冊出したいなあ、と、寝言を呟いていたごとうですが、いやあ、二冊はやっぱり、ムズカシイでしゅ。でも、志《こころざし》は高いに越したことはないので、ごとうは来年も頑張りますです。や、何冊とか、いつなにを出す、とか、そういうことは言わないでおきますが（小心者だなあ）。

でもって、来年はＣＩＥＬで、タクミくんではなく、まったくのオリジナルの原作で、南京ぐれ子さんの作画で学園もののラブコメをやります。美青年とカッコイイ男とかわい子ちゃんと天然好青年の男兄弟二組の話ですが、きっと面白いと思うので、そちらもよろしければおつきあいくださいね。

今年の冬はなんだかとっても寒そうですが（気象庁がどう言ってるのかは、実は知らないんですが）良い年末と、良い新年をお迎えください。
それではまた。

ごとうしのぶ

Shinobu Gotoh HP URL
http://www2.gol.com/users/bee/

ROSA
—ローザ—

都心からさほど離れてはいない私鉄の駅、そこから乗り換えたバスはきれいに区画整理された新興開発住宅街をのんびりと抜け、祠堂の近辺に勝るとも劣らない長閑《のどか》な風景をしばらく走り、やがて人家の一軒もない、うっそうと茂る林に吸い込まれるような坂、そのふもとの停留所に停まった。

先にタラップを降りたギイが、

「すっげ、いい天気」

空を仰《あお》いで、目を細める。

つられて見上げると、空は文字どおりの五月晴れ。

同じ晴天でも、真夏の刺すような強い日差しではなく、清々《すがすが》しささえ感じられる五月の太陽や吹く風に、ギイはえらく上機嫌で、ぼくまでなんだか嬉しくなる。

ギギッと床《ゆか》のサイドブレーキを引き、

「あんたたちも楽器をやるのかい？」

ぼくたち以外に乗客がいなかったせいか、運転手がきさくに声を掛けてくる。

ギイにしろぼくにしろ手荷物はこぶりのボストンひとつずつっきりで、強制的にギイから永久貸与《たいよ》していただいてるバイオリンは実家に置いてあるままだし、楽器のケースらしきものなどふたりとも持ってはいなかったから、だが、質問の意味がわからずにキョトンと振り返ったぼくとは違い、万事にソツのないギイは、笑顔のまま、

「残念ながら、楽器はまるきり」

と、ぼくの肩越しに応えた。

「なんだ、ワタナベ荘に行くんだろ？　年頃も同じだし、だからてっきりな」

笑う運転手に、ギイはペコリと会釈《えしゃく》すると、ぼくの腕を引いて坂を上り始めた。

背後でバスが、クラクションをぱおんと鳴らして走り出す。

前をゆくギイの背中に、

「楽器は、まるきり？」

わざとらしく、ぼくが繰り返すと、

「なんだよ」

ギイが横目で振り返る。

「そうか、やっぱりギイ、ぼくのバイオリンなんて、あんなの、弾《ひ》けるうちに入らないって、ホントはそう思ってたんだ」

「まぜっ返すな」

たったふたり降車するだけなのに、サイドブレーキを引いたんだぞ、あの運転手。「話が長くなりそうだったから、適当に切り上げたんだろ」

それくらい、わかってるんだろうが。

眼差《まなざ》しで窘《たしな》められて、ぼくはちょっとくすぐったい気分になる。

「それでなくても――」

と続けたギイは、不意に黙ると、腕を引く手をそのまま下に滑らせて、ぼくの指に指を絡《から》めた。

たったそれだけのことなのに、ドキリとする。

三年になって、諸事情により不自由なつきあい方を選択してしまったギイとぼくとは、『ただのともだち』を演じながら、秘密の恋をしていた。とはいえ、ギイの親友である赤池章三やぼくの寮の部屋の同室者である三洲新にはバレているし、他の友人たちも、ぼくたちは特別な間柄ではなくなりましたと暗に主張しているのにもかかわらず、ちっともそういうつもりになってくれてはいないのだが、それでも、学校内でふたりきりでいることも、ゆっくり話をすることも、それから、その、あらゆる諸々は自然、疎遠《そえん》になっていて、昨夜も、落ち着けなかったし、そんなこんなで、指を絡める、そんな行為くらいで、ぼくはすごく、気忙《きぜわ》しくなっていた。

「それにしても、男二人で温泉って、そんなに物珍しいかね」

思い出したように、ボソリとギイが言った。

今年は九日間もある長いゴールデンウィーク、その間際、それはそれは苦労してギイが（どんなコネを使ったのやら、の）数日連泊する予定で取った人気の老舗《しにせ》旅館。けれど、なんだかやけに仲居さんたちに注目されているような気がして、もしかしたらぼくが引き続き神経質になっていたせいかも、と、解釈しようとしていた矢先、ズバリとギイが切り出したのだ。

「どうもオレたち、目立ってるらしい」

仲居さんたちだけでなく、ゴールデンウィーク、正に書き入れ時の温泉旅館、たくさんの他の宿泊客たちにも、ぼくたちはちらちらと見られていた。

冷静に推理するに、見られていた主な原因は、どこにいてもやたらと人目を魅《ひ》くギイのケタ外れのルックスと、フランスの血とアメリカで育った環境による騎士道精神旺盛《おうせい》なギイにとっては自然で当然な行為なのだが、彼のぼくに対するエスコートモードのせいではないかと思うのだが（ぼくの手から、あまりに自然に荷物を取ったり、ドアを開けて待っててくれたり等々と、普通の日本人の男性が滅多《めった》にやらないことを堂々とやってのけるので、しかも、気遣《きづか》いの的がぼくに集中してたりするので、イヤでも目立つのは、もう、しようがないかも……）どのみち、あんなに興味津々《きょうみしんしん》に周囲から関心を持たれていたのでは、ちっともおちおち落ち着けない。

宿泊客の中には男数人、という組もあったのだが、

「こんなことなら、いっそ、章三を誘えば良かったな」

ギイ曰《いわ》く、男三人だと普通の旅行と思われるのに、二人だと妙にアヤシイ感じになるのではないか。ところが男二人でも、これが夏の海辺なら、間違いなくナンパ目的と解釈されるのだろうが、ひなびた温泉場に男二人連れ、というのは、どうも、普通にしてても（ここが、ギイ的ポイント）人目を忍《しの》んで道ならぬ恋、という憶測《おくそく》を周囲に抱《いだ》かせそうだ、のだそうだ。

確かに、ここに章三が混じればギイの気遣いの細やかさは天然で、ぼくだけ特別、という印象は薄まるかもしれないけれど、しかも実際、ぼくたちは人目を忍んで道ならぬ恋をしているのだから反論の余地はないのだが、――それにしても、窮屈《きゅうくつ》だった。

質の良い大浴場の温泉も、ギイがなにより楽しみにしていた旅館自慢の美味な豆腐も堪能《たんのう》できたのだが、いかんせん、

「朝、布団のチェック、されそうだ……」

と訝《いぶか》しむギイに、いくらなんでもそこまでは、と反論しようとして、思い直した。

仲居さんのたしなみとして気づかぬ振りはしてくれそうだけれども、それは飽《あ》くまで振りなので、ここはやっぱりギイの提案どおり、疑わしきものはカケラも残さぬ方針で、昨夜はふたりとも、清く正しく美しく、それぞれの布団で眠ったのだが、こんな調子で残りの日々を過ごさねばならないとなると拷問のようで、祠堂にいる時より不自由だぜ。と、ギイは翌日以降の宿泊をキャンセルして、ついでにあちこち電話を掛け、そして現在ぼくたちは、この坂を、晴れて手を繋《つな》いで、のんびりと上っているのである。

「ねえギイ」

「んー？」

「ぼくたちが今から行くところ、ワタナベ荘って言うんだ？」

「うん？　――うん」

「バスの運転手が知ってるくらい、有名なんだ？」

「ある意味な。ご覧のとおり、ここら辺り民家が一軒もないだろ、だからあのバス停を利用するのはワタナベ荘に用事がある人間に限定されるわけだよ」

「専用バス停みたいなもの？」

「個人の所有物のためにバス停を置くわけにはいかないからさ、バス停の名前こそ『坂ノ下バス停』って、まあ立地条件まんまなネーミングだけど、実質は、そういうことだよな」

「別荘、なんだよね？　公共機関とかじゃないのに、なのにバスが停まるんだ」

これは、……もしかして。「ワタナベ荘なんだから、つまり渡辺《わたなべ》さんって人が、ギイに別荘を貸してくれた『知り合い』なんだよね？」

数本の電話の後で、急で無理な頼みにもかかわらず、快く知り合いが別荘を使わせてくれることになったから、と、ギイが笑った。

ところで、どうして日本国内にいくつも別荘を所有している崎家、にもかかわらず、わざわざ他人の別荘なのかと言うと、全ての別荘は基本的に福利厚生の一環で社員に（でもきっと、重役クラス限定だ）貸し出されていて、今年のゴールデンウィーク期間中は全部埋まっているから使えない、そうなのである。

ということで、ホワイトデーのお返しに、と、伸行《のぶゆき》と聡司《そうじ》さんからいただいた旅行券を使ってふたりで温泉旅館でのんびりと骨休みする計画は、途中から、ギイの知り合いの別荘で自炊《じすい》する、に変更を余儀《よぎ》なくされた、のだった。

……自炊。

よぎる不安、は、さておき、ギイにしてみれば、や、実はぼくも、だけれど、学校からいきなり旅行へ出掛けたりしたならば、きっと、絶対、離れ難《がた》くなっちゃって、結局、実家に帰らずじまいになりそうで、そんなふうにずるずるするのはまずいから、だから、ぼくたちは先《ま》ずは帰省したのである。

　連休の後半は友人と旅行に行きたいんだと伝えた時、母は非常に残念そうな表情をした。母なりに、長い連休を一緒に楽しもうと、あれこれ計画してくれていたらしい。だから、受験を控《ひか》えた世間の高校三年生はゴールデンウィークにもおそらく予備校通いの日々なのだろうが、ぼくは母と毎日あちこち出掛けていたのである。連休でも出勤している父親とは、会社帰りを母とふたりで待ち伏せして、毎晩どこかで食事をした。

　そうして、休みから四日目の昨日、クリーニングから戻ってきた制服を丁寧《ていねい》にバッグに詰めてくれた母に、気をつけてね、と、笑顔で送り出され、列車に乗り、東京駅で待ち合わせたギイと、ふたりで旅館へ向かったのであった。

　連休最終日の夕方までには学校の寮に戻らなければならないので、正味（旅館での一泊も含めると）四泊五日の逢瀬《おうせ》である。

　五日間という日数は長いのか短いのか、よくわからないけれど、どうしようもないほど、ギイと一緒にいたくてならない。

　お互いにきっと、そう思っているはずだけど、でもきっと、いつものように、ギイよりぼくの方が重症なんだ。だから、悟《さと》られたくなくて、ぼくは普通の振りをする。

「バス停があるのって、実は、別荘の持ち主が今のバス会社のオーナーだとか、そういうブルジョワちっくな理由？」

とてつもなく御曹司《おんぞうし》なギイの知り合いなんだから、あり得なくないではないか。

「違う違う、じゃなくて、以前はワタナベ荘って、大学生専門の下宿屋だったんだよ。何人かでも学生が毎日使うし、どうせこの界隈《かいわい》にひとつは必要だし、だったらそこにって、バス会社が判断したらしい」

「へえ」

「何年か前に下宿屋をたたんで、建物も建て替えられてただの別荘になったのに、未だにバス停が残ってるから、オレは、正直、それに驚いたね」

てっきり撤廃《てっぱい》されているかと思っていた。

「えっ、じゃあギイ、バス停がなくなってたらどうするつもりだったんだい？」

「もちろん、次のバス停で降りて、この坂まで歩いて戻るか、まあそれだと延々二キロは歩くことになるから、ここはやっぱり、バス停じゃない場所でも無理を承知で降ろしてもらう、だな」

「うわ。それって、運転手によっては一番嫌がられることじゃないか」

道路交通法だかなんだかで、路線バスはバス停以外の場所で客を乗降させてはいけなくて、万が一、乗降中に事故が起きた場合には、バス側の過失が大きくなるんだそうで、祠堂の前を通る路線バスの運転手の中には、それでもきさくに、バス停のちょっと手前とか先とかで乗り損ねて困ってる客を拾ってくれる人もいるにはいるが、そんな事情があると知っていたら、無理はなかなか頼めない、よね。

普通はさ。

「強引だなあ、ギイ」

「強引な男は嫌いか、託生？」

ぼくの顔を覗《のぞ》き込み、そう訊《き》くギイに、ぼくはつい、笑ってしまう。

「こら、笑って誤魔化《ごまか》すな」

近づく口唇《くちびる》に、息を呑む。

両脇を林に挟まれた、舗装《ほそう》されていない、土がむきだしの坂道。

埃《ほこり》っぽい空気が、視界の閉ざされた感覚に強く匂った。

ギイ。

ふたつの荷物が、殆ど同時に地面に落ちる。

背中に回されたギイの腕が、強くぼくを抱きしめた。

「託生……」

キスの合間に、ギイが囁《ささや》く。「託生、――タクミ……」

イマスグ、ダキタイ。

坂を上り、やがて現れた二股の別れ道を左へ進むと、さほど大きくはないのだが、緑で四方を囲まれた北欧風のどっしりとした建物が見えてきた。――あれが、ワタナベ荘。

ただの別荘、なんて、とんでもない！　建物の規模としてはさほど大きくないのにもかかわらず、その存在感たるや、バス停がそのままなのも、わかるような気がした。

何度か訪れたことがあるというセリフどおり、勝手知ったるナントヤラ、ギイは隠してあった合鍵《あいかぎ》で玄関の扉を開けると、ぼくを維持《いじ》管理用の雨戸で暗く閉ざされた別荘の奥深くへ、誘った。

別荘なのに、ついさっきまで人がいたような温もりの漂う邸内に不思議さを感じつつ、導かれるままに、ぼくはギイの腕へ落ちる。

なにもかもを手放せてしまえる、この世で唯一の場所。

なにもかもを委ねることができる、この世でたったひとりの人。

渇望《かつぼう》してならなかった、この時間。

何度も何度も、求めてしまう、際限のないぼくに、ギイはその度に熱く体を重ねてくれた。

きっと、ぼくの方が重症なのだ。――けれど、ギイ……。


「……今、何時だ？」

けだるげに、ギイが床へ外した腕時計を拾った。

二階の奥の、おそらく客室であろう、こぢんまりとした部屋のベッドの上。普段使われていないのにもかかわらず、湿り気のないさっぱりとしたシーツと、柔軟仕上げ剤の花のような匂いのする綿毛布が、素肌に気持ち良い。

閉じられたままの雨戸の隙間《すきま》から洩《も》れていた光が、いつの間にか薄暗くなっていた。

「腹、空かないか、託生？」

蛍光塗料の文字盤をチラリと眺めて、ギイが訊く。

「うん……」

でも、疲れて、とても眠い。

頷きながらもベッドに顔をうつ伏せたぼくの髪に、柔らかく指を通して、

「しようがないな」

ギイが笑った。「冷蔵庫になにか残ってるだろうから、適当にオレが作って、ここまで運んでやる」

「……うん」

ありがと、と、言ったか言い終わらないかのうちに、ぼくは眠ってしまっていた。

ものすごい空腹感にうなされるように目を開けると、室内に、外からくっきりと光が差していた。

「――え?」

ギクリと起き上がり、「なに、なんで?」

どうして外が、こんなに明るい?

寝ぼけた頭で混乱しながら考えて、でもどう考えても、この現実を素直に受け入れるとなると、結論はひとつきりしかないのである。

「あのまま熟睡して、もう翌日、ということ?」

ウソだろ……。

うとうとし始めてたのが夕方の六時頃という自覚はあったから、しかも、外のこの明るさか

らして、今が朝の六時前とは考えにくい。

「つまり、十二時間以上、寝てたってこと？」

我ながら、それはいくらなんでも眠り過ぎだろう。

こんな長時間寝ていたことって、今までにあっただろうか。

驚きついでに全裸のままの自分に気づいて、ぼくは慌てて綿毛布の中に体を潜らせた。

そして、改めて気がついたのだ。このベッドに、自分ひとりきりなのに。

「……ギイ？」

情事の途中で爆眠してしまったぼくに呆れて、別の部屋で寝ているのだろうか。

しかも、

「そうだよ、食事！」

確か、なにか冷蔵庫の残り物で食事を作ってベッドまで運んでくれるって、ギイ、言ってなかったたか？

周囲を見回しても、それらしい形跡が残ってないので、きっとギイは眠ったきりのぼくを気遣って、作ったものを持ち帰ったのだろう。

──ああ。

恋人を放って十二時間以上も爆眠したなんて、なんてことだ。

ひとり取り残されて起きている夜の、ひどく長く感じること。

ごめん、ギイ。

「どこにいるんだろう」

他の部屋を見に行くべく、ぼくは、昨日脱ぎ散らかされたはずの衣服をベッドの周囲に探して、「――ない」

なんで？

服が、ない！

やむを得ず（ギイのように素っ裸でウロウロあちこち歩き回る、などという『自信家』なこと、ぼくにはとてもできないので）綿毛布を体に巻いて、ぼくは廊下に出た。

どこからか、香ばしい匂いがする。

「トーストの焼ける匂いだ」

途端、空腹でたまらないことを思い出した。

急いで階段を下り、ダイニングとおぼしきドアを開けると、

「なんだ、起こす前に起きたんだ」

ギイが、いた。

ダイニングテーブルに食器をセッティングしているギイ。コットンシャツとジーンズという

ありきたりな格好にもかかわらず、その、カッコイイことと。

朝からクラリとしている場合ではないのに、ぼくはうっかり、立ち竦《すく》む。

「おはよう、託生」

と、微笑《ほほえ》まれて、耳まで赤くなる自分に動揺する。

「お、はよう、ギイ」

「託生の昨日の服、オレのと一緒に洗濯機に突っ込んじまったから、新しいの、バッグから出して着てくれるか？」

「あ、うん」

「トーストに塗るの、バターしかないけど、それでいいか？」

「うん、あの、――あの、ギイ」

「ん？」

「昨夜は、その……」

ひとりで先に寝てしまって、取り残して、ごめん。

申し訳なく言い淀《よど》むぼくに、

「ああ」

ギイは軽く笑うと、「あの後オレ、軽く夕飯作ったんだけどさ、たいしたものじゃないけど

な。それ持って部屋に戻ったら、あんまり託生が気持ち良さそうに眠ってたから、起こしちゃ悪いかと思ってさ」

「ごめん、ぼくも、こんなに寝るつもり、なかったんだけど」

「や、ほら、原因の半分はオレにあるわけだし、気にしなくていいよ。それより託生、朝っぱらから悪いな」

「……え」

いきなり毛布ごと抱きしめられて、口づけされる。

ギイの指が、毛布の内側に滑り込む。

「あ、ギイ」

待って。

「なに。抵抗するなよ」

「でも」

「そんなミノムシみたいな可愛いカッコで、オレの前に現れたりするからいけないんだぞ」

「じゃなくて、だって、……毛布、汚《よご》れちゃうよ」

「かまわない。毛布だけじゃなく、オレのことも汚せよ、託生」

ギイのセリフに、目眩《めまい》がした。

昨日、あんなにしたのに。それなのに、どうしてこんなに簡単に煽《あお》られてしまうんだろう。ギイの背中を掻《か》き抱《いだ》き、崩れるようにぼくたちが床にうずくまった時、ダイニングにピンポーンとお気楽なトーンで呼《よ》び鈴《りん》が響いた。

ギョッと身を起こす、ギイとぼく。

「——来客？」

訝しげに眉を寄せたギイは、「託生、ここにいろ」

素早くぼくの体を毛布で覆うと、大股にダイニングを出て行った。

しばらくして戻ってきたギイの腕の中に、それはそれは華やかで重そうなオブジェがひとつ。離れていても、ここまで届く、強く香るバラの花束。

いや、ぼくの常識の中にある花束とは相当イメージが違うけれども、透明セロファンで包まれてなくても、これは間違いなく、花束だ。

何色と一言で言い表し難い、初めて目にする奥深い色味のバラの花。あまりの美しさと迫力に、息を呑む。

「なに、それ……？」

「花屋が配達にきた。すっげ、重い。いったい何本あるんだ？」

こうなると、花束ってよりも、ひとつの芸術作品だよなあ。

と感心しきりのギイに内心同意しつつ、山のように中央が盛り上がった巨大なバラの集合体の素晴らしさに目を奪われながらも、ぼくは唐突に、気がついた。

もしかして、この別荘を貸してくれたギイの『知り合い』は、ギイのことが好きなのではなかろうか。それこそ、特別な意味で。

ここにギイがいることを知っていて、花を贈ってよこしたってことは、他には考えようがないものな。

無意識に顔が強《こわ》ばっていたのか、ギイがぼくを見て、いきなり吹《ふ》き出した。――なんて失礼な男だ。

「人の顔見て笑うなよ」

むっとするぼくに、

「妬《や》いたな、さては」

愉快そうに自信家が訊く。

「妬いてないよ」

「残念ながら、今回は託生の期待に添えず、申し訳ない。これ、オレ宛《あ》てじゃないんだ」

「え?」

じゃあ、誰に? って、「ぼくがなにを期待したって言うんだよ!」

「別荘の持ち主が、オレに気があるって、誤解しただろ？」

「し、して、ないよ」

「いやいやいやいや、嬉しいなあ、愛されてるなあ、オレ」

「ちょ、ちょっとギイ、なにするんだよ」

花束の筒《つつ》を、あれ？　変な日本語だな。えっと、棘《とげ》も葉も全て取り去られた長い長い茎《くき》を筒状に束ね、細い紐《ひも》のリボンで綺麗に螺旋《らせん》状に隙間なく巻いた、直径二十センチはあろうかというバラの花束をテーブルに器用に煙突のように立てると、ギイはぼくを床へ押し倒した、のだった。

「中断されたさっきの続き、しよう、託生」

耳元で甘く囁かれたものの、

「つまりギイに贈られたんじゃないとしたら、あのバラの本来の受取人って、誰なんだい？」

それが気になる。

「オレたちには関係ないって」

「その人は、バラをここへ取りに来たりしないのかい？」

そこが、気になる。

「しないだろ」

そんなはず、と、言いかけて、ギイがハタと動きを止めた。

その途端、タイミング良く、ぼくのお腹がぐーと鳴く。

そうなのだ、空腹でたまらなくて目が覚めたのだ、ぼくは。

「仕方ないなあ」

赤面するぼくを毛布ごと引っ張り起こして、「朝飯にするか」

と、ギイが笑った。


朝食の後、結局ギイは目的を遂行《すいこう》して、ふたりでシャワーを浴びてから、やっとリビングのソファで一段落。

ぼくが脱力モードでへたっていると、タフなギイは手早くダイニングとキッチンの片付けを済ませ、喉が渇いただろ？　と、グラスにミネラルウォーターを入れてきてくれた。

座る場所はいくらでもあるのに、わざわざぼくにくっつくように座ったギイの、彼の肩に、引き寄せられるまま、ぼんやりと頭を預ける。

「……ここまで香るね」

ダイニングのバラが、ここまで匂う。

「数えたら、二百本あったぜ」

「二百？　え？」

にひゃっぽん!?

「オレ、バラには特別詳《くわ》しいわけじゃないけどさ、あれ、多分、ブラックティってのだよ。名前のとおり、花の色が紅茶っぽいじゃん。同じ紅茶でも、ダージリンとかじゃなくて、アールグレーの、濃い目の色」

紅茶色というか、青っぽいオレンジというか、紫がかった朱色というか、とにかく色の表現はしにくいものの、一度見たら忘れない、印象的で個性的なバラである。

「さっきの、ブラックティってバラなんだ？」

「だから、多分な。バラの品種って、二万種以上あるんだってさ。似たようなのがいっぱいあるし、専門家じゃないからオレにはよくわかんないけど、あ、そうだ、託生、確か、大橋《おおはし》先生の温室にも、ブラックティ、何本か植えてあるんじゃないか」

「さあ……」

温室内にバラの苗木《なえぎ》が植えてある一角があるにはあるが、そこに何という品種のバラが植えてあるのかまでは、わからない。

「まあ、一応ブラックティだとして、店や時季によってまちまちだろうけど、一本五百円くらいとするだろ？　としたら、あの花束の代金はおよそ十万円ってとこだな」

うううう、やめてください。

「じゅ、十万円もするバラの花束、……ですか？」

なんてオソロシイ。

いくらギイがとてつもない御曹司でも、この感覚だけは、わかってもらいたい。

「まあな、個人が個人に贈るにしては、けっこう豪華だよな」

けっこう、じゃなくて、相当、だよ。

案の定な御曹司の淡泊《たんぱく》な反応に、こっそり溜め息を吐《つ》くぼくへ、

「託生がリサイタルとかするようになったら、二百と言わず、三百でも一万本でも、オレは贈るぜ」

「いりません」

「——なんだよ」

「いらないよ、そんなにたくさん貰《もら》っても、面倒見きれないじゃないか」

切り花の世話だって、ラクじゃないんだぞ。

「相変わらず、おかしな所で現実的だよな、託生は」

「ギイと違って、ぼくの家にはメイドさんとか、いませんから」

自分の身の回りのことは全部自分でしなければならないんだから、能力以上のことは、こなせないのだ。

それで、思い出した。

「ギイ、ありがとう」

「なんだ、出し抜けに」

「ご飯の用意も、片付けも、洗濯まで、してもらって」

ワカメの味噌汁くらいしか作れないと言っていたギイだが、やはり、基本的に優秀な人ってのは、なんでもやればできてしまうのだ。

それにしても、昨夜といい今朝といい、とてつもない御曹司を（結果的に）メイド代わりにしたぼくって……。

「メシったって、生野菜ちぎってドレッシングかけて、パンはトースターで焼いてオレはバターを塗っただけだし、ヨーグルトはまんまで、オレンジジュースもまんま冷蔵庫から出しただけだし、カップスープは湯を注いだだけだからな、料理らしいと言ったら、スクランブルエッグくらいか？」

「でも、全部、おいしかった」

なんでだか、すごく、おいしかった。——空腹だったせい、だけでなくて。

「ふうん。……そっか」

ぼくの肩を抱くギイの腕が強くなり、髪に柔らかくキスされる。「託生に誉《ほ》められると、めっちゃ、嬉しい」

「お返しに、次は、ぼくが作るね」

ギイに喜ばれると、ぼくも嬉しい。「自信作があるんだ」

「お、なに作ってくれるんだ？」

「タラコスパゲティ」

「おや、いつの間にそんな芸を？」

「去年の夏休みの登校日に、赤池くんとギイの家に行っただろ？　あの時は料理なんて、って、思ってたし、魚焼くのも失敗しちゃったんだけど、でも、けっこう楽しかったから、母さんに、ぼくでも作れそうなもの教えてって、頼んだんだ」

「へえ。前向きじゃん、託生」

「や、別に、そんなんじゃ……」

「将来のオレとの同居、ちゃんと考えてくれてるんだ」

「ちがっ！　違うってば、そうじゃないよ！」

もう。

「なんだ、残念」

言うほど残念でもなさそうなギイに、ほんのちょびっとだけそのつもりだった本心を見透《みす》かされた気がして、恥ずかしい。

「とにかく、なんとかのひとつ覚えなんだけど、帰省する度に作って練習したから、そんなに外れずに、作れると思うんだ」

すごくおいしく、とは、照れ臭くてとても自分の口では言えないが、伝えたいポイントは、つまりそういうことなのだ。

察してくれる優しいギイは、

「じゃ、あれか、託生がメシ作る時は毎回タラスパか？」

疑うようなからかいも余計な突っ込みもしないで、話を先に進めてくれる。

「そう、タラスパ責め」

「だったら、買い出しの時に、たくさん、タラコとパスタ、買わないとな」

買い出し？

そうだ。

「あのさ、ギイ、実は気になってたんだけど、ここの別荘にも管理人って、いるの？」

「いないな、ここには」

「ギイん家《ち》の軽井沢の別荘みたいに住み込みの人じゃなくても、——いない？」

「ここにはな。なんでだ？」

「昨日ここに来た時に、なんか、ちょっと前まで人がいたみたいな空気だったから。それに冷蔵庫に食べ物が、——あ」

わかった。管理人がいるんじゃなくて、

「オレたちが来るほんの二日前まで、持ち主たちが、ここでバカンスしてたからな」

そうか、それで、シーツも綿毛布も洗濯したてだったんだ。

「しかもここ、都内に近いんで、割りと頻繁《ひんぱん》に使われてるんだよ。普通、別荘の冷蔵庫って、帰る時にはからっぽにして、プラグ外すかブレーカー落とすかしておくしな。ここはだから、別荘というよりも、限りなく別邸に近いな」

「だから、玄関の鍵も隠してあったりするんだ？」

「いや、あれは、オレが頼んで置いといてもらった。いつも隠してたら、不用心だろ」

「……そうなんだ」

「そんなに心配しなくても、誰にも邪魔されたりしないから」

「うん……」

本当だろうか。——朝っぱらから花束が配達されたんだぞ。頻繁に持ち主が使っている別荘なんだぞ。本当に、誰にも邪魔されないのか？

うーん。

猜疑心《さいぎしん》に満ち満ちたぼくに、

「それより、もう少ししたら念願の買い出しに行こう」

やけに明るくギイが切り出した。「タラコとパスタ、買いに行こう」

「あ、ギイ、牛乳も」

うっかりペースにはまっている場合じゃない、かもしれないのに、「隠し技として使うから、必要なんだけど」

「オッケー、じゃ牛乳と、後は他に、なにがいる？」

夕食はぼくが作ったタラコスパゲティをギイに食べてもらうのだ。——やっぱり、なんだか、楽しい気分。

明後日の昼には学校へ戻るので、買い過ぎに注意して、それでもギイがあれもこれもと欲しがるので、大きなスーパーの袋は結局三つにもなった。

ぼくがひとつ、ギイが両手にひとつずつ提げて、例のバス停から坂道を上がっている途中、ギイのジーンズのポケットで携帯が鳴った。

彼の携帯は、あんなに薄くてちっちゃいのに、なんと、衛星回線もので、世界中のどこにいても、それこそ、太平洋のど真ん中であろうとサハラ砂漠のど真ん中であろうと、電話の発着ができるのだ。林の中の坂道なんて、楽勝、楽勝。

両手に提げてた袋を片手へまとめ、重いだろうからせめて電話中だけでもひとつ受け持とうとしたぼくを軽く眼差しで断って、ギイは坂を上がる歩調も弛《ゆる》めず、電話に出る。

「Hello」

おお。

そうでした、ギイの電話は日本国内から掛かってくるだけではないのでした。むしろメインは海外からで、だから彼の携帯電話を受ける開口一番は、ぼくたちのように、もしもし、ではないのである。

と、前から承知しているものの、普段は、ほとんどと言うよりも絶対に近いくらい日本語しか使わないギイの口から、こうして実際に流暢《りゅうちょう》な英語が流れてくると、彼がアメリカ人だということに今更ながら気づかされて、落ち込むわけではないけれど、今ぼくたちはこんなに近くにいるけれど、同じ坂を一緒に上っているけれど、目には見えぬ、それぞれを取り巻く空気の違いに、現実を感じた。

そうなんだ、ぼくの恋人は、遠い世界の人だったんだ。

二言三言、何語で喋っているのかわからないくらいぼそぼそと低い声で話していたギイは、素っ気ないほどすぐに電話を切ってしまった。

で、溜め息。

「どうかした、ギイ?」

ぼくまで不安な気分になる。

考え込むように、しばらく黙って歩いていたギイは、やがて観念したように、

「しようがねえなあ」

と、項垂《うなだ》れた。

「なに、なんだよ、ギイ」

「託生、夕飯のタラスパ、三人分に変更してくれ」

「え? ——って、やっぱり邪魔が入るんじゃないか、ギイのウソツキ!」

「怒るなよ、託生にとっては、嬉しい邪魔者だからさ」

「嬉しい邪魔者なんて、そんなの——」

いる。

ギイ関係で、ぼくが会えたら嬉しい人！

「あー、やだやだ」

肩を落としたまま、これみよがしにギイがぼやいた。「もうニヤけてやがる」

「だって。あ、じゃ、今の電話、佐智さんから？」

「そうだよ」

「なあんだ、日本語で喋ってたんだ、ギイ」

「そうだよ」

「あれ？　でもどうして、佐智さんがここに？」

「あそこ、あいつん家の別荘だもん」

「え？　ワタナベ荘なのに？」

「そうそう、なのに」

やさぐれモード全開のギイは、「あーチクショー、ぜっったい教えたくなかったのになあ。佐智の名前が出ると、お前、浮《う》かれるから、ヤだったんだよ」

ぼくを横目で見る。

「わかった！　だから、楽器！」

バスの運転手におかしなことを訊かれたのは、ぼくたちが向かう先が天才バイオリニスト井上佐智の（両親が）所有している別荘で、彼とぼくたちの年頃が同じくらいだったから、音楽仲間だと思われたのだ。

「くっそー、バラが届いた時から、やーな予感、してたんだ」

「じゃあ、あのバラ、佐智さん宛て？」

なるほど！　そうだよ、どんなに豪華なバラの花束でも、佐智さんなら、難無く似合ってしまうじゃないか。

非常識な十万円也《なり》のとんでもない花束でも、彼ならオッケー。全然、オッケー。

「転送してやるって言ってんのに、聞かないんだ、あいつ」

「届けられた花束を受け取りに、佐智さん、わざわざここに？」

らっきー。

なんという、幸運なタイミング。

「浮かれててもいいけどな、託生、佐智も人間だから」

「なんだよ、わかってるよ、そんなこと」

まるで天使のようだけれど、トイレにも行く、れっきとした人間だってことは、ちゃんとぼくにもわかってます。

「本当に、わかってんのか？」

訝しげというよりは、胡散臭げな視線を投げたギイに、

「大丈夫だよ。佐智さんは好きだけど、ギイのことはもっと好きだから。——ね？」

「ね、って託生」

やれやれと肩を竦めながらも、「そういうこと、言ってるんじゃないだろ」

ギイは、満更でもなさそうに笑った。


ああ、びっくり。

「まーたでっかいクルマ、選びやがって」

夕方近く、玄関の方から突然聞こえてきたノイズは、スポーツカーが横付けされたエンジン音で、驚いたギイとふたりで玄関から外の様子を窺《うかが》うと、流線形の大きな車体、間違いなく日本車ではない、見慣れぬ車の、鏡のようにピカピカの左側のドアの窓から、

「こんにちは」

顔を覗かせたのは、佐智さんだった。

彼が座っている席の正面に、ハンドル。──え？

車内に他に人影はなく、ということは、ここまでこれを運転してきたのって、佐智さん、ということ？

それって、つまり、

「……無免許、運転？」

佐智さんに限って、そんなことするはずないと思いつつ、動揺するぼくに、

「託生、ほらほら」

ギイが指さす先、ぴっかぴかな異国の車のボディの前後に、若葉マークが一枚ずつ、ペタンペタンと貼《は》られていた。「こいつ、免許取りたて」

「え？　でも──」

既に演奏家として世界中を翔《か》け回ってプロ活動している佐智さんは、ぼくたちのように高校には通っていないのだが、同い年ということはつまり年齢的には高校三年生ということで、まだ五月のこの時点で、免許って、取れるのか？

「こいつの誕生日、章三と一日違いなんだぜ。四月二日」

ギイが言う。

早生まれというのは、三月三十一日まではなく、四月一日生まれまで含まれるのだそうで、

佐智さんと章三は、日付はたった一日違いなれど、実際にはまるまる一年、開いているということで、似たような誕生日でも、章三は免許を取ることが可能な十八歳までにまだ一年近くあるけれど、佐智さんは既に条件をクリアしている、ということか。

それにしても。

「そんな心配そうな顔をしなくても、託生くん、ちゃんと安全運転で来たから」

佐智さんに微笑まれて、ぼくは更に曖昧な表情となる。

だって、イメージが合わないんだ。

お抱《かか》え運転手が運転する後ろの座席でゆったりと寛《くつろ》いでいる、とか、恋人の運転するクルマの助手席とか、佐智さんにはそういう場所が似合ってる感じなのに、こんなバリバリのスポーツカーを天使のような井上佐智が自分で運転するなんて、ぼくはちょっと、納得いかない。

釈然としないままのぼくはさておき、ギイは運転席のドアを外から開けると、当然のように佐智さんの荷物を受け取り、佐智さんをエスコートする。

「それにしても、燃費の悪そうなクルマだなあ」

からかうギイに、

「とか言って、義一くんも好きだよね、このタイプ」

佐智さんが言う。

え？　そうなんだ。ギイって、こういうクルマが、好きなんだ。――知らなかった。

ケンカ友だちだとか、幼なじみに毛の生えた関係、とか、ともかく、ちいさな頃から親交があったこのふたりは、現在もとても仲が良くて、ギイはぼくが佐智さんのことになるとめろめろでとか言うけれど、ギイだって、佐智さんに対しては、相当だと思う。

そうだった。――仲が良いんだった、このふたり。

クルマから降りた佐智さんの手には、バイオリンケース。オレには絶対に触らせてくれないと、ギイがいつもぼやいている、かの、アマティ。

どうしてか、胃の辺りがきゅっとなった。

二本のバイオリンでカノンを奏でたあの夏から、こっち、ぼくは一度も真剣にバイオリンに向かい合ったことがなかったことに、妙に恥ずかしさと、後ろめたさを感じていた。

井上佐智が愛器のバイオリンを持参している、それは普通の光景なのに、彼にしてみれば、あまりに当たり前なことなのだろうが、ぼくの目には、痛く映った。

実家に置いてきたままの、バイオリン。

進学先の志望校に音楽大学の名前を書いたものの、本気の覚悟はまだないから、なんとなく、とか、その程度だったから、だからぼくは、明後日にはここから祠堂へ戻るのに、バイオリンを家に置いたまま、それで平気だったのだ……。

果たして、ケアとして正しいのかどうか定かでないが、切り花は新鮮な水が大事、と、大橋先生から聞いてたような気がして、しかも、あんまり大きい花束なので置き場所に困ったというこどもあり、ギイが、浴室の洗面器に筒状花束を立てておこうと提案した。水を細く流したままにしておいても、洗面器から溢《あふ》れた水が床にこぼれようと、そこは浴室。

非常に合理的な対応なのだが、唯一の難点は、風呂場にバラの花束は不似合いだということ、かな。

浴室を覗き込んだ佐智さんは、

「変な感じ」

と笑い、「でも、おかげでバラが、生き生きしてる」

靴下を脱ぎ、二百本の花束へと歩み寄った。

服が濡れるのもかまわずに、佐智さんは、花束を愛しげにぎゅっと胸に抱きしめる。——それでぼくにも、全てがわかった。

年の離れた佐智さんの恋人。滅多に会えなくて、しかも、危険な仕事をしているという。バ

ラの贈り主は、彼だったんだ。

だから、ギイの転送の申し出を断って、わざわざ自分で取りに来たんだ、佐智さんは。

「でもさあ、佐智」

浴室の入り口に寄りかかって、ギイが横柄《おうへい》に腕を組んだ。「オレは神経を疑うね」

「なんの？」

不思議そうに、花束を抱いた佐智さんがギイへ振《ふ》り返る。

「ひとつ目は、デートがドタキャンになった場合の詫《わ》びの品に十万円も支払わせるお前の神経で、ふたつ目は、久しぶりのデートの場所に、オレと託生が使ってるワタナベ荘を選んだお前達の神経だよ」

「だって、部屋はたくさんあるし、聖矢《せいや》さんだけでなく、託生くんにまで会えるなんて、嬉しいじゃないか。聖矢さんだって、託生くんや義一くんに会いたがってたんだよ」

「オレは別に、会いたかねーよ」

「まあた、そんなことを」

軽く笑った佐智さんは、花束を洗面器の水へ戻すと、立ち上がり、「明日なら会えそうだって、昨日、突然聖矢さんから電話をもらった時、もし急に仕事が入って約束が駄目になったら、期待させておいて反故《ほご》にした聖矢さんはそれ相応の詫びをしてくださいね、って、言ったんだ。

もちろん、半分は冗談で」

「なら、残り半分は本気だったってことじゃんか」

「でもそれが、ブラックティの花束だなんて、思わなかった……」

「佐智が、そう指定したんじゃなかったのか？」

「しないよ、なにも言ってない。ただ、僕が今、一番好きな花がこれで、聖矢さんは、知り合った最初の頃から、いつも僕にバラやバラに関するものを、くれるんだ」

――思い出した。

彼から佐智さんへ、ずっと渡し損ねていたという誕生日プレゼントをぼくが託された、あれも、バラを象《かたど》った金色のカフスだった。

「だからって、二百本は多過ぎだろ」

「うん、お給料、なくなっちゃうかも」

会えなくて、ごめんな、佐智。

ごめんな。

「また無理したかも、聖矢さん」

「と言う割りに、ちっとも済まなさそうに見えないんだけど、佐智？」

「そんなことないよ」

ふふふと微笑む佐智さんに、

「ま、いいか」

ギイは肩を竦めると、「投資額は、誰も似たようなもんだもんな」

くるりと背を向けて、浴室から出て行った。

——似たような、投資額？

「あれ？」

そう言えば、伸行たちからいただいた旅行券の金額って、いくらだったんだろう？

仕切りは全てギイに任せてしまったので、てっきり予算内で動いているものと思っていたけれど、もしかして、や、ひょっとして……。

「お腹空いたね、託生くん」

タオルで濡れた足を拭《ふ》きながら、佐智さんがぼくに話しかける。

「えっ？　あ、はい」

視線が合っただけでドギマギしてしまう、相変わらずのぼく。

「きみのタラスパ、楽しみだな」

そうでした！

「ナベにお湯、沸《わ》かしっ放しだった！」

ぼくは大慌てで、キッチンに走った。


食事の後で、またギイの携帯に電話が掛かってきた。

「悪いな」

とダイニングから中座してゆくギイの背中をなんとはなしに見送っていると、

「託生くん、今年の夏は忙しい？」

と、佐智さんに訊かれた。

「いえ？　特に忙しいとか、それはないと思います」

「良かった。なら、また誘ってもいいかな」

「あの、それって……」

「去年と同じく、伊豆《いず》の別荘で、母の誕生日祝いのサロンコンサートを、今年もどうにかやれそうなんだ」

緊張したあの空気が、瞬く間に甦《よみがえ》る。

必死に音を追いかけた、全身で音楽を追い求めた、あの、充実した時間。

「まだ具体的になにをするか決めてはいないんだけど、また、一緒にバイオリンを弾こうね」

「や、あり、ありがたいです」

一流の演奏家と、それもかの井上佐智とジョイントできるなんて、望んでも叶《かな》わぬ、夢のような出来事だから。

でも……。

礼を述べながらも俯《うつむ》いてしまったぼくに、

「そう言えば託生くん、バイオリンは？」

ぼくの周辺に存在の気配を感じなかったのか、佐智さんが訊く。

「あ……、実家に……」

夏からずっと、置いたまま、だった。

「そう」

どう言葉を繋げていいかわからないぼくに、佐智さんは明るく、「そう言えば、あのストラディバリには、ちいさい頃に義一くんが自分でこっそりつけてた名前があるんだよ」

「ギイが？」

楽器に名前を？

「sub rosaって」

「ローザ？」

女の子の名前？

「ラテン語なんだけど、英語に相当すると、バラの下で、って訳なんだ」

バラの下で、なんて、

「名前にしては、変わってる」

「だよね。僕も、言葉の本当の意味合いを知ったのは随分《ずいぶん》後で、それでわかったのは、彼はバイオリンに名前を付けてたわけじゃなくて、——うん、そうじゃなかったんだな」

佐智さんは、傍《かたわ》らのアマティを見遣《みや》ると、「もう何年も前、僕がまだ、このアマティを手に入れる以前に、義一くんは父親からストラディバリを買い与えられていて、でも本人にはバイオリンをやる気が全くなかったから、かなりぞんざいな扱いを受けてたんだ。乱暴に扱われた、という意味じゃなくてね、しまわれたきり、それっきり、という意味。楽器は装飾品じゃないから、弾いてあげなければ、その意義がないから、うちの父親がよく、ならば佐智に貸してはもらえないだろうかと義一くんの父親に申し出たりしたこともあったんだけど——」

「あの……」

「え？」

話の途中に腰を折るようで申し訳なかったのだが、

「済みません、あの――、以前にギイが、ぼくにバイオリンを渡しながら話してくれたいわれだと、佐智さんのアマティに対抗してギイの父親がストラディバリを買ったってことだったので、今のと話が反対だなって、その……」

「ああ」

佐智さんは弾《はじ》けるように微笑むと、「それは、ぼくがアマティと出会った時と、実際に購入した時とにかなり時差があるからだよ」

「時差？」

「あのアマティは、当時、ヨーロッパのとある貴族が所有していたものなのだけれど、売却を前提に試しに弾かせてもらったり、交渉は順調に進んでいたはずなのに、途中からなぜか揉《も》めてしまって、購入計画が頓挫《とんざ》していた期間があったんだ。その期間が予想外に長引いて、それで業《ごう》を煮やした僕の父が、お蔵入りしている義一くんのストラディバリに目をつけた、というわけ」

「――ああ、そうだったんですか」

頷くぼくに、佐智さんはちいさく思い出し笑いをして、

「それがね託生くん、義一くんの父親がまたユニークな人で、一度子供に与えたものは、いくら購入したのが親であっても、飽くまで本人のものだから、義一がＯＫするならともかく、こ

っちの一存でどうこうするわけにはいかないと、断ったんだ。これが安い玩具《おもちゃ》ならともかく、ストラディバリだよ？　現存する多くが個人ではなく国の所有になっているほどの、稀有《けう》な楽器をね、幼い子供の判断に任せるって、そう言うんだ。──凄いよね」

確かに、スケールが、違う、かも。

「そんなやりとりがあってから、かな、きっと他にもきっかけがあったように思うんだけど、ある時ね、珍しく義一くんが自分の部屋でバイオリンを眺めていて、肩に構えもしないで、ただ見てただけなんだけど、彼がポツリと呟いたのが、さっきの名前だったんだ。そう名前を付けてこっそり呼んでるんだと、僕は思ったんだ。でも、違ってた。あれは、彼にとっては、儀式のようなものだったんだよ」

「儀式？」

「その時、どうして僕が義一くんの家にいたかというと、義一くんが僕のバイオリンの発表会に来てくれたお返しに、僕が、約束してもなかなか遊びに行けない義一くんのニューヨークの家まで、やっと遊びに行けた時だったからなんだ。──その発表会に、きみも出てた、託生くん」

「ぼく？　え？」

それって、あの、ギイが最初にぼくを見た（らしい）、発表会のこと？

「当時はさほどラテン語にも英語にも詳しくなかったから、僕には、バラの下で、って、そのままの訳しかわからなくて、裏の意味合いがわからなかったんだ」

「裏の意味合い、ですか？」

思わず息を呑んだぼくに、

「違うよ、裏って言っても、隠語《いんご》じゃないよ」

佐智さんは笑って訂正して、「ちょっとした諺《ことわざ》みたいなもので、ギリシャ神話からきてるんだけど『秘密に』とか『内密に』ってことなんだ」

彼はきっと、あの時、なにかを決意したのだ。

誰にも告げたくない、けれど強い願いを、バイオリンに込めたのだ。

「きっと、義一くんだけの秘密の儀式だったんだよ。あの時、彼はあのストラディバリに、誰にも言いたくないなにか秘密を託してたんだと、僕は推理してるんだ」

佐智さんはまっすぐにぼくを見ると、「君にバイオリンを渡したいって、もしかしたら彼はその時からずっと、思っていたのかもしれないね」

「――え？」

「僕がアマティと出会う、ずうっと前に、彼が僕に訊いたんだ。どれも同じバイオリンなのに、どうしてそんなに必死になって、たったひとつのバイオリンを探し求めているんだ？　って。

だから、どれも同じなんかじゃないよ、人でも物でも、それぞれに相応《ふさわ》しい場所や、出会いや縁《えん》があって、僕にも世界中のどこかに『かけがえのない一品』が必ずあるはずで、それはきっと互いにライトコンビネーションなはずなんだって説明したんだ。相乗効果って言うのかな、双方が双方を高めてゆける間柄って、あるよね、そういう感じ。その説明で納得してくれたのか、アマティを見つける時も、義一くんはとても協力してくれて、揉め事が片付いて無事に購入できた時にも、僕と同じくらい、喜んでくれた。だから――、義一くんには当時、バイオリンを続ける気は毛頭なかったけれど、彼なりに、縁あって出会ったストラディバリに愛があったんだよね、きっと。だから、いつか、自分よりももっとこのバイオリンを持つに相応しい人に、託したかったんだ」

けれど、秘密だ。誰にも言わない。――誰にも、邪魔されたくないから。「人ってさ、真実の願いほど、黙《もく》して秘めてしまうよね」

そうだった。

ぼくも、ずっと、言えなかった。

ギイが好きで、とても好きで、だから誰にも言えなかった。失いたくないから、怖くて、切実で、だから、胸の奥で、強く強く、その気持ちが育っていた。

「託生くん」

俯くぼくに、「だからきみを誘いたかった」

佐智さんが微笑んだ。

きみの、眠れる才能が開花してゆく様を楽しみにしているだけでなく、これは、僕から義一くんへの感謝の印でもあるんだよ。

「夏に、会えるよね？」

佐智さんが改めて、訊く。

ぼくは佐智さんをまっすぐに見つめ返すと、

「はい」

と、力強く頷いた。


せっかく久しぶりに託生くんに会えたし、ゆっくりしていきたいけれど時間がなくて、という佐智さんは、明日にはヨーロッパへ演奏旅行に出てしまうのだそうで、あまり遅くならないうちにと、例の花束を助手席に座らせて、都内の自宅へ戻って行った。

「お前のタラスパ、旨かったってさ」

ふたりでシンクに溜まった洗い物をしながら、ギイが言った。

「佐智さんが？　お世辞じゃなくて？」

「違うだろ、オレも旨いと思ったもん」

良かった。

「だから託生、明日の夕食もタラスパ作ってくれよ」

ギイに甘くねだられて、

「あ……」

ぼくは一瞬、返事に詰まる。「そのことだけど、ギイ」

明後日、さすがにふたりきりで寮に戻るのはまずいので、途中で章三と待ち合わせ、三人で祠堂へ帰る段取りをギイが組んでくれていた。

のだが、

「あのギイ、ぼく、明日、実家に戻ろうと思うんだ」

「なんで」

不満げに、ギイが訊き返す。「オレとふたりでいるのに、飽きたのか」

「まさか！」

違うよ、「そうじゃないよ」

「バイオリンを取りに戻ろうと思って。だから、明後日は、実家から祠堂へ行くよ」

「なら、どうしてだよ」

「——そうか」

バイオリン、取りに戻るのか。「……そうか」

「正直に言ってしまうと、演奏家になりたいわけじゃないんだ。でも——」

あのストラディバリウスにぼくが相応しいと、そう思い続けてくれた目の前のこの人に、思い続けていてくれる、この人に、恥じない生き方がしたいんだ。「ちゃんと、練習だけはちゃんとして、やれるだけのことをして、その、なんていうか、……頑張りたいと、思ってるんだ」

「わかった、託生」

「愛してるよ、ギイ」

「……託生?」

愛しているよ、ギイ。

秘められた愛情の深さに、胸が熱い。

彼に巡り会えた幸運を、誰に感謝すればいいのだろう。

「オレもだ、託生」

……愛している。

呟くような囁きに、胸が熱く満ちてゆく。

叶うのならば、永遠に、この愛が胸に有りますように。いつまでも、彼の期待が、ぼくの上にありますように。

洗剤で泡だらけのスポンジごとぼくの手を握って、

「明日、一緒にここを出よう」

ギイがぼくにキスをする。

「ありがとう」

ギイ、バラの下で、ぼくもギイに誓うから。

きみに恥じない、人生を。――きみと共に有る、人生を。

ごとうしのぶ作品リスト

《タクミくんシリーズ》

注：作品中の“月”は、何月時かを示しています

	作品名	収録文庫名	初出年月
〈2年生〉4月	そして春風にささやいて	そして春風にささやいて	1985.7
〃	てのひらの雪	カリフラワードリーム	1989.12
〃	FINAL	Sincerely…	1993.5
5月	若きギイくんへの悩み	そして春風にささやいて	1985.12
〃	それらすべて愛しき日々	そして春風にささやいて	1987.12
〃	決心	オープニングは華やかに	1993.5
〃	セカンド・ポジション	オープニングは華やかに	1994.5
6月	June Pride	そして春風にささやいて	1986.9
〃	BROWN	そして春風にささやいて	1989.12
7月	裸足のワルツ	カリフラワードリーム	1987.8
〃	右腕	カリフラワードリーム	1989.12
〃	七月七日のミラクル	緑のゆびさき	1994.7
8月	CANON	CANON	1989.3
〃	夏の序章	CANON	1991.12
〃	FAREWELL	FAREWELL	1991.12
〃	Come On A My House	緑のゆびさき	1994.12
9月	カリフラワードリーム	カリフラワードリーム	1990.4
〃	告白	虹色の硝子	1988.12
〃	夏の宿題	オープニングは華やかに	1994.1
〃	夢の後先	美貌のディテイル	1996.11
〃	夢の途中	ルビープレミアムセレクション「夢の後先」特典付録	2001.9
〃	Steady	彼と月との距離	2000.3
10月	嘘つきな口元	緑のゆびさき	1996.8
〃	季節はずれのカイダン	（非掲載）	1984.10

〃	〃（オリジナル改訂版）	FAREWELL	1988.5
11月	虹色の硝子	虹色の硝子	1988.5
〃	恋文	恋文	1991.2
12月	One Night,One Knight.	恋文	1987.10
〃	ギイがサンタになる夜は	恋文	1987.7
〃	Silent Night	虹色の硝子	1989.8
1月	オープニングは華やかに	オープニングは華やかに	1984.4
〃	Sincerely…	Sincerely…	1995.1
〃	My Dear…	緑のゆびさき	1996.12
2月	バレンタイン ラプソディ	バレンタイン ラプソディ	1990.4
〃	バレンタイン ルーレット	バレンタイン ラプソディ	1995.8
3月	弥生　三月　春の宵	バレンタイン ラプソディ	1993.12
〃	約束の海の下で	バレンタイン ラプソディ	1993.9
〃	まどろみのKiss	美貌のディテイル	1997.8
番外編	凶作	FAREWELL	1987.10
〃	天国へ行こう	カリフラワードリーム	1991.8
〃	イヴの贈り物	オープニングは華やかに	1993.12
《3年生》 4月	美貌のディテイル	美貌のディテイル	1997.7
〃	jealousy	美貌のディテイル	1997.9
〃	after jealousy	緑のゆびさき	1999.1
〃	緑のゆびさき	緑のゆびさき	1999.1
〃	花散る夜にきみを想えば	花散る夜にきみを想えば	2000.1
〃	ストレス	彼と月との距離	2000.3/5
〃	告白のルール	彼と月との距離	2001.1
〃	恋するリンリン	彼と月との距離	2001.1
〃	彼と月との距離	彼と月との距離	2001.1
5月	ROSA	Pure	2001.5
6月	あの、晴れた青空	花散る夜にきみを想えば	1997.11
7月	Pure	Pure	2001.12

その他の作品

作品名	収録文庫名	初出年月
通り過ぎた季節	通り過ぎた季節	1987.8
予感	ロレックスに口づけを	1989.12
ロレックスに口づけを	ロレックスに口づけを	1990.8
わからずやの恋人	わからずやの恋人	1992.3
天性のジゴロ	——	1993.10
愛しさの構図	通り過ぎた季節	1994.12
ささやかな欲望	ささやかな欲望	1994.12
LOVE ME	——	1995.5
Primo	ささやかな欲望	1995.8
Mon Chéri	ささやかな欲望	1997.8
Ma Chérie	ささやかな欲望	1997.8

〈初出誌〉

Pure ―ピュアー

書き下ろし

ROSA ―ローザー

『CIEL』（'01年7月号）

タクミくんシリーズ
Pure ―ピュア―
ごとうしのぶ

角川ルビー文庫 R10-15 12253

平成13年12月1日 初版発行
平成19年7月15日 5版発行

発行者―――井上伸一郎
発行所―――株式会社角川書店
東京都千代田区富士見2-13-3
電話/編集(03)3238-8697
〒102-8078
発売元―――株式会社角川グループパブリッシング
東京都千代田区富士見2-13-3
電話/営業(03)3238-8521
〒102-8177
http://www.kadokawa.co.jp
印刷所―――暁印刷 製本所―――BBC
装幀者―――鈴木洋介

ISBN4-04-433618-0 C0193 定価はカバーに明記してあります。

〈ファンレターのあて先〉

〒102-8078 東京都千代田区富士見2-13-3
角川書店 ルビー文庫編集部気付
「ごとうしのぶ 先生」係